目次 # Contents

BEGINNING NOVELS
名無しの英雄
A nameless hero
I
笑うヤカン
[イラスト]馬克杯

偉業1　ラーケルの黒魔術師成敗

向かい合うのは二人の男。

一人は、まだ歳若い青年。十七、八かそこらだろう。整った容姿に太陽を切り取ったかのような金の髪、銀色に輝く鎧に身を包み、抜き放った剣は暗い地下の部屋だというのにまばゆい光を放っている。

対するは歳を取った老魔術師。黒いローブに身を包み、フードの奥で邪悪な瞳をギラギラと輝かせ、手には赤く曲がりくねった短刀が握られている。

「フィーナを返してもらおう！」

青年が、怒鳴る。

「どこまで儂の邪魔をすれば気が済むのだ、この忌々しい小童めが。我が前から消えうせるがいい！」

老魔術師の指から、電撃が迸る(ほとばし)る。人間一人など一瞬で消し炭に変えるその稲妻は、青年の持った剣に散らされ虚空に溶けた。

お返しとばかりに青年は地を駆け、風のように剣を振るう。小枝のように筋張った老いた魔術師の腕を一刀のもとに切り捨てるはずのその一撃は、柔らかなローブの表面で金属に弾かれるように止まった。

青年と、老魔術師と。若者と老人、剣士と魔術師、正義と邪悪。全てが正反対の二人は、同時に舌打ちした。

「やはり勝負はつかぬか。だが小僧、今宵こそは貴様の負けだ。既に準備は整っておるのだ」

「なんだと!? まさか……！」

老魔術師はビロードのカーテンで覆われたベッドのもとに駆け寄ると、短刀を掲げて叫ぶ。

「我が悲願、邪神の復活はこの処女の血をもって成される！」

「待てッ！ そんなことの為にフィーナを殺されてたまるか！」

青年が駆けるが、間に合う距離じゃない。

「さあ、今こそ我が前に現れ出でよ、邪神オウ――」

カーテンを開き、老魔術師は短剣を振り下ろそうとし……その動きをピタリと止める。

青年もまた、全力で駆けていたその身体を、まるで時が止まったかのように……

って駄目だ。気を逸らす為に実況の真似事なんかしてみたが、とてもじゃないが我慢できない。

「おおおっ、出すぞっ！」

どくどくと、聞こえるはずのない音が感じられるほどの勢いで、俺はフィーナの中にたっぷりと射精した。

「はぁん……」

フィーナは目を細め、気持ちよさそうにそれを受け入れる。

ついさっきまで処女だったのに、凄いエロさだ。ちょっぴり早漏気味に俺が出しちゃったのも仕方ない。

『何をやってる!?』

男二人の声が綺麗に揃った。めんどくせえな。二人揃って童貞か、こいつら?

「何って見ればわかるだろ、ナニだよ」

俺がそう答えると、二人は同時に襲い掛かってきた。

ベッドのマットに稲妻が突き刺さり、カーテンを支えてた柱が真っ二つに切り裂かれる。

「おいおい、あぶねぇな。この子まで殺す気かよ?」

俺はフィーナを抱きかかえながら、とっくにベッドから離れていた。

魔術師的には処女を失った時点で価値がないから、俺もろとも殺す気満々なんだろう。

「よくもフィーナをっ!」

「よくも我が計画をっ!」

またも同時に攻撃してくる。仲がいいを通り越して、ホモなんじゃないかと疑うような連携ぶりだ。まあ、フィーナみたいないい女を捕まえておいて、何も手を出さないなんてホモじゃなくても不能なんだろうな、あの爺さん。可哀想に。

俺は青年の剣を無造作に手で押して爺さんの稲妻にぶつけて散らし、そのまま横をすり抜け腰の

剣を抜いて滑らせる。

　おっと、剣っていっても脚の間の名剣じゃないぜ、そっちは美女専用だ。

　俺が振るった剣は、さっき若者の剣を弾いたローブを易々と切り裂き、爺さんの身体ごと真っ二つに両断した。

　無数につけた護符で身を守っちゃいたが、護符自体は守れないのが魔術ってもんだ。

　護符ごと切っちまえば、ただの薄着の爺さんに過ぎない。

　ま、フェイクの護符もたくさんあったから、見切るのはちょいとばかり難しいが俺にとっちゃなんでもない。

「な……」

　男は信じられないものを見た、みたいな表情で俺を凝視した。

「おい、見るんじゃねえよ、男に見つめられても気持ちわりぃ。それよりこの子はお前の恋人か？」

　腰砕けになってるフィーナに手を貸すと、男はぶんぶんと首を縦に振った。

　ちっ、妹とかだったらもう二、三発楽しんだトコなんだが。

　恋人や夫のいる女にはなるべく手を出さないのが俺のポリシーだ。

「じゃあ、後はしっかり守れよ」

　フィーナの背をぽんと押し男に任せると、俺は背を向けた。

　美女もいないならこんな辛気臭いとこに長居する理由はない。

「あの……あなたのお名前は？」

フィーナが俺の背に声を投げかける。

そんなもん、俺だって知らない。だから、いつも通り俺はこう答えた。

「さあな」

「……サーナ様……」

ぼんやりと呟くフィーナを置いて、俺はその場を後にした。

登場人物紹介 CHARACTERS

アルビーク
英雄の星のもとに生まれた青年。伝説のエメラルドの防具と、魔を弾く聖剣ラスナーを携え、幼馴染にして恋人のフィーナを救う為、邪悪なる魔術師ウェルドネを討たんとラーケルの大迷宮を単身で踏破した。

ウェルドネ
邪悪なる魔術師。アルビークとは何度も敵対し、その度に勝負はつかず引き分けに終わる。古の邪神復活を企んでおり、数十年に及ぶ入念な準備の末、清らかな乙女の魂を捧げれば邪神が復活するところまでこぎつける。

古の邪神

太古の昔、地下から世界を支配したという大いなる神。無限の力を持ち、多くの処女をはべらせていたという。一説によれば人間の魔術師であったとも言われているが、定かではない。

フィーナ

アルビークの幼馴染にして恋人。心身共に清らかな乙女で、神々ですらため息をつくほどの美しさを持つ。アルビークとは清い交際を続けており、キスはおろか抱擁さえしたことはなかったが、内心それを不満に思っていた。

サーナ

魔術師に美女が攫われたとの噂を聞き、迷宮に忍び込むとフィーナを口説いてセックスに持ち込み、八発ほど彼女の中に精を注ぎ込んだ。十月十日後、生まれた赤ん坊にアルビークが頭を抱えることになるが、彼にはあまり関係のない話である。

偉業２　貧困の村ラザダの救済

1

フィーナと別れてクソみたいな老魔術師の住処を出た後、俺は近くの村をブラブラと歩いていた。

これからってところで邪魔が入ったせいで、どうにも欲求不満だ。

どっかにいい女がいねぇかな……

と、キョロキョロ見て回ってると、開けっ放しになってる建物の中が目に入った。

立ててある看板を見るに、どうやらここは雑貨屋らしい。

「いらっしゃい」

店の中に足を踏み入れると、干した薬草だのロープだのの独特な匂いが鼻をつく。

俺に微笑みかけてくれた店員は、しみったれた田舎の村にしちゃなかなかの美女だった。

栗色の髪を長く伸ばした、美人というより可愛い、という感じの女。歳は二十二、三ってトコか？

顔のつくりは素朴だが、なにより胸がデカい。厚い革のエプロンで隠されてはいるが、あれはかなりの大きさだ。

どんな服を着ていようが、ほぼ正確にスタイルを当てられるのが俺のちょいとした自慢だ。

「何をお求め？」

「君かな」

俺がそう言うと、店員はクスクスと笑った。真面目な顔で、しかし真面目すぎない感じで言うのがウケるポイントだ。

「あたしですか～。高いですよ？」

「へぇ、このロープより？」

俺はぐるぐると巻いてあるロープを示して言った。十メートルにつき銅貨十枚。安くも高くもない値段だ。

「何と比べてるんですか何と。金貨十枚は欲しいところですね」

笑いながら言う。なかなかノリがいいようだ。

都市部の最高級娼婦だって、金貨一枚もあれば釣りがくる。十枚もあればこのくらいの村なら数年は遊んで暮らせるだろう。まあ、すぐに冗談だとわかる値段だ。

「十枚とはなかなか吹っかけるなぁ」

「安い女と思われちゃかないませんから」

あはは、と俺達は笑い合う。笑いながら俺は小袋に手を伸ばし、金貨を十枚取り出すとカウンターの上にトンと置いた。

「はい、十枚」

「……え？」

店員は目を丸くして金に輝く硬貨を見つけた。金貨ってのはそれなりに価値が高い。こんな村じゃ滅多に見ることもないだろうな。

彼女が呆けている間に俺はカウンターの中に入ると、後ろからエプロンの中に手を差し込んで両胸を思いっきり揉みしだいた。

「ちょっ……！」

「金貨十枚払ったろ？　そっちが提示して、こっちは払った。契約成立ってわけだ」

「そ、そんな……」

身体を嫌がるようにくねらせながらも、店員は俺を突き放すことができない。金貨十枚はそういう額だ。

その証拠に、彼女の視線は未だにカウンターの上の金貨に注がれてた。

「これ、贋金じゃ……ないでしょうね？」

「そう思うんなら確認してみな」

むにむにと胸を揉みながら俺は促す。この胸がまた、ふわっふわのむにっむにで、なんとも揉み心地がよい。

それでいて、指を押し返す弾力と、手のひらに収まりきらないこの大きさ！　たまんねぇなぁ。

店員は金貨を手に取ったり、ちょっと爪で傷をつけたり、天秤で重さを量ったりした。

勿論（もちろん）、その間も俺の手はずっと胸を揉み続けている。

「本物みたい……」

「確認は済んだか？　じゃあ、いいだろ」

「ちょっと待って……」

服を脱がそうとする俺の手を握り、止める。しかし完全な拒否じゃない。

彼女の目は金と貞操を天秤にかけて、迷ってる目だ。

娼婦だったら金貨十枚も積めば喜んで何回でもさせてくれるだろうが、この額で迷うということはそれなりの貞操観念を持ってるんだろう。こっちとしてもその方が嬉しい。

「ええと、ここでするの？　……最後まで？　あたしの一生を買うとかそういう話ではないよね？」

「そりゃそうだ。せいぜい、明日の朝まで……ってトコかな。場所はベッドでもいいが、一発目はここでさせてくれよ」

店員はしばらく悩んでいたが、やがてゆっくりとカウンターの上の金貨を取ると、エプロンのポケットにしまった。

「取引成立だな。なあ、名前教えてくれよ」

「……アンジェ」

アンジェは羞恥半分、嫌悪半分といった表情で答える。いい顔だ。こういう表情をしている女を、快楽でドロドロに溶かすのがいいんだよな。

「天使（アンジェ）か。いい名前だな、似合ってる」

「お世辞はいいわ。恥ずかしい名前よ」

そう言いつつも、アンジェの表情に少し羞恥が勝ち始める。俺はエプロンの紐をほどき、上着を脱がせると下着の上から彼女の胸を揉みながら首筋に舌を這（は）わせた。

「そんなことないさ。可愛らしい名前だ。それに、名前通り俺を天国に連れていってくれるんだろ？」

「んん……馬鹿」

アンジェが艶かしい息を吐く。俺は彼女のブラを外すと、向きを変えさせてその双丘にむしゃぶりついた。

2

「ああ……間違いない、ここが天国だ」

ぐにぐにと豊かなおっぱいを両手で鷲掴みにしながら、その間に顔を挟む。

舌を伸ばすと、ほんのりと汗のしょっぱさが味わえた。

「あぁん……」

乳首を口に含んで転がすと、アンジェは色っぽい声で喘いだ。

舌や指の動きには、ちょっとした自信がある。右手で胸を揉みほぐしつつ、舌で乳首を愛撫し、左手でスカートをたくし上げてアンジェの股間に這わせる。

下着に守られたそこは、既にしっとりと湿り気を帯びていた。

「カウンターに手をついて」

俺は再びアンジェの後ろに回る。あのおっぱいを顔から離すのは惜しいが、なに、またすぐに再会できるさ。

言われるままにカウンターに手をついて尻を突き出すアンジェのスカートを捲り上げると、俺はズボンを下ろして自らの物を取り出した。

「おっき……」

それを視界の端に捉え、アンジェは嬉しいことを言ってくれる。

言うまでもないことだが、指や舌以上に自信があるのがこの一物だ。インパクトはあるが女を怯えさせない程度の大きさに、太さと硬さ、それとなによりスタミナがある。

俺はアンジェのショーツを横にずらすと、後ろから思いっきり突き入れた。

「あぁっ、すご、おっき、ぃ……」

両手で胸を持ち上げるように揉みながら、ずぶずぶと突き進んでいく。

「あぁっ、広げられてく……」

アンジェは尻を突き出しながら、はあはあと荒く息をする。アンジェの中が精をねだるようにぎゅうぎゅうと俺の物をきつく締め付ける。

「いくぞ、アンジェ。天国に連れてってやる」

ゆっくりと引き抜き、またゆっくりと奥まで突き入れる。それを繰り返しているうちに、アンジェの股間はその潤いをどんどん増し、声も甘くなっていく。

「あぁん……すごぉい、あ、あぁ……気持ちいぃ……ん、あはぁ……ん」

愛液が俺の物を伝い、ぽたぽたと地面に垂れる。もはやアンジェは腕で身体を支えきれず、上半身を完全にカウンターの上に乗せるようにして立っている。

「びっしょり濡れてきたな」

「やぁ、言わないでぇ……」

大分こなれてきているので、俺は腰の動きを加速させていく。パンパンと肉のぶつかる音が店の中に響き、アンジェの甘い鳴き声を味わう。

「いくぞ……っ」

俺はアンジェの奥で精を放った。

「あっ、ああ……」

ふるふると身体を震わせ、アンジェは精を受け入れる。

硬さを失わないままの剛直を抜き出すと、アンジェの股間から白い液体がごぽりと吹き出した。

これは勿論自慢だが、俺のは何回出そうと萎えたりしない。何度でも楽しむことが可能だった。

ぐったりとしているアンジェを抱きかかえ、店の奥の階段を上がる。

一階が店で、二階が居住スペースになっているらしい。店のカウンターでするのもいいが、アンジェの体力を考えるならベッドの上でじっくり可愛がった方がいい。なにせ夜は長いんだからな。

階段を上がってすぐの扉を開けようとすると、アンジェの手が俺の腕を掴んだ。

「そこ、違う……父さんの部屋だから、そっち……廊下の奥が、あたしの部屋」

「なんだ、親父さんがいるのか？」

てっきり一人暮らしかと思った。傍に親がいるなら、わざと声を上げさせて『隣の親に聞こえるぞ』と囁いてやるプレイもいいな。

「病気でずっと寝てるの」

体力が戻ってきたのか、アンジェは俺の腕から離れ、自分の足で立つ。

「さっき貰った金貨のおかげで、隣町の薬が買える。……ありがと」

親思いの優しい娘だ。その孝行心のおかげで抱けたわけだから、俺はちょっとサービスしてやることにした。

「やめろよ勿体ない。その金は、美味いもん食ったり綺麗な服を買ったりするのに使えよ」

そう言って、俺は扉を開けてアンジェの父親の部屋に足を踏み入れる。

「ちょっと！　何する気!?」

何を勘違いしたのか、アンジェが俺の腕を引いて止めようとする。未だにチンコ丸出しだからか？

「馬鹿、俺は女にしか興味ねぇよ！　ほら、病気くらい俺が治してやる」

俺はアンジェの親父に手をかざした。病気のせいか、ヨボヨボの爺さんみたいな面だった。真っ白で紙みたいだった顔色に徐々に赤みが差し、苦しそうだった呼吸が安らかなものになる。

しかめていた表情が和らぐと、なんとか歳相応の顔に見えるようになった。四、五十ってトコか。まあ、野郎の年齢なんざどうでもいい。

「これであとは栄養のある美味いもんでも食わせて二、三日休ませてやれば、すぐに元通り元気になる」

「嘘……何したの？」

「アンジェとセックス」

にっと笑って俺はそう言ってやった。

「もう……」

アンジェが俺の腕の中に身体を投げ出す。むっちりした肉感が腕に心地よい。

「じゃあ、約束通り明日の朝までして……ここでじゃなくて、ちゃんとあたしの部屋で、ね？」

勿論、俺は喜んでそのお願いを聞いてやった。

「ねぇ……」

明くる朝。たっぷりとその胎内に俺の精を蓄えたアンジェは、裸のまま俺に甘えるように擦り寄った。

「本当に、金貨十枚も貰っちゃっていいの？　父さんの病気は治してもらえたし、あたしにそんな価値なんて……」

「いいんだよ。凄くよかったぜ？」

耳元で囁いてやると、アンジェは耳まで真っ赤にした。可愛い奴だ。

あの後、父親を治してやった俺に恩義でも感じたのか、アンジェはベッドの上で乱れに乱れ、何度も俺の精を中に欲しがった。

「……本当のこと言うとね、凄く助かるんだ、あのお金……この村は貧乏で、もう畑を耕す鍬も新しく買うことなんかできやしない。若い人はどんどん街に移っていっちゃうし、残ってるのは老人ばかり。でも、あれだけのお金があれば、なんとかやり直せるかもしれない。ありがとね」

アンジェは俺の唇にちゅっと口付ける。その仕草が可愛くて、俺の愚息はもう一度硬直した。

「そういうことなら、若い人間を増やしてやるよ」

うへへ、と下品に笑いながらアンジェに覆いかぶさる。

「やぁん」

口では嫌がりつつも、アンジェは嬉しそうに笑いながら俺を受け入れた。

登場人物紹介　CHARACTERS

サーナ

田舎の村と思っていたら思っていたより上玉がいて大満足。

アンジェの父

元は腕のよい鍛冶職人であったが、妻を失って以来の不摂生が原因で病に倒れる。不治ではないが、治療に大金が必要な病に冒されており、一人娘の為に自殺を考え始めていた。

アンジェ

父が倒れてから、看病を続けながら細々と雑貨屋を続けていたが、殆(ほとん)ど儲からず身売りを考え始めていた。後に三つ子を産み、金貨十枚を資金として病気が完治した父や子と共に村を盛り上げていく。

偉業3　奴隷解放

1

「おい、あいつ何やってんだ⁉」

「ほら、あれが例の……」

「サーナっていう……」

「女と見れば誰でもお構いなしのド変態……」

町人達が俺を遠巻きにしながらヒソヒソと言葉を交わす。全部聞こえてんだよ馬鹿野郎。

幾ら俺だって、女なら誰でもいいわけじゃない。不細工はお断りだし、九歳以下とか四十歳以上とかもあんまり食指は動かない。いや、上は美人なら五十くらいまではいけるかな？　まあ、誰でもいいってわけじゃない。

今俺の腰の上で揺れてる少女だって、見たトコ十二、三ってところだが目の覚めるような美少女だ。

まだ幼いだけあって胸や尻はあまり出てないが、腰のところがきゅっとくびれ、全身が柔らかい。

あまりに可愛らしいから、道ですれ違った時に思わずその場で押し倒しちまったくらいだ。

ベッドじゃないのは可哀想だが、まぁ道は誰のもんでもないから他人に文句を言われる筋合いもない。

処女だったせいか少女も最初は嫌がったが、今は俺の上で気持ちよさそうに腰を振っている。これは自慢の一つなんだが、俺は今までセックスした相手を満足させなかったことは一度もないんだ。

「おい、きさ……」

やたらガタイのいい男が後ろから俺の肩を触ろうとしてきたので、俺はそのまま腕を振るった。

男は数メートル吹っ飛んで民家の壁に激突し、動かなくなる。

まったく、人がいい気分でやってる時に、野暮な野郎だ。

「こ、殺したの……？」

俺の上の少女が、瞳を恐怖に染めながら尋ねた。思わずぎゅっと抱きしめたくなるような可愛さだったから、俺は思わず彼女をぎゅっと抱きしめながら優しく囁いた。

「いや、死んじゃいない。ちょっぴり寝てるだけさ」

「あいつ、奴隷商の用心棒よ。仲間達がたくさん捕まってるの。お願い、助けて」

仲間？

よく見ると、少女の首には奴隷の立場を示す首輪がはまっていた。それに、ボブカットにした緑色の髪からは、ぴょこんと長い耳が可愛らしく飛び出している。

この子、エルフか。エルフってのは亜人の一種で、魔力は人間より強いんだが、腕力がないし寿命が長い分、文明の発展ってのに乏しい。人間の魔術封じの技術ができてからは、捕らえられて奴隷にされることも多くなっていた。

あんまり酷いもんで、亜人種を奴隷にするのは禁止されてたはずだ。

「いいぜ、助けてやる」

俺は少女の尻を掴むと、そのまま持ち上げて自分も立った。いわゆる駅弁スタイルって奴だ。

「だからお前はそこでそのまま腰振ってろよ」

少女は恥ずかしそうに、こくりと頷いた。

「邪魔するぜ」

ニーナと名乗ったエルフの少女を連れ、俺は趣味の悪い豪邸の扉を蹴破った。

流石にもう彼女は俺の横を歩いている。別に戦いに問題があるわけじゃないが、あのままじゃまるでニーナを楯にするみたいで気分が悪いからだ。

「貴様、ここをキンナリー様の館とこころえべっ！」

早速飛んできた柄の悪い男を殴り飛ばし、踏みつける。

「で、ニーナ。仲間はどこにいるんだ？」

「多分、奥のあの部屋だと思う」

ニーナが俺の足に抱きつきながら、ホールの上の部屋を指差す。

「んじゃあ行くか」

「うん」

俺は逃げられないようにしっかりと扉に鍵をかけると、奥の部屋を目指し歩いた。

「貴様、速やかにぶべっ！」

「よくもがへっ！」

「この娘のごばっ！」

途中、虫のように湧いてくる護衛の男どもを薙ぎ倒しながら、ずんずんと俺は進む。最後の一人はニーナを人質にとろうとしやがったから、ちょっと強くやりすぎたかもしれん。ま、死んでても別にいいか。

「怖い思いさせてごめんな」

俺がそう言うと、ニーナは健気に首を横に振った。

「大丈夫。ナイフで刺されるより、サーナの方が早いもん」

完全に俺を信頼している、とばかりの笑顔に、俺は思わず押し倒したくなるが鉄の理性でそれを我慢した。

早く仲間に会わせてやらなきゃな。

奥の部屋の扉を開けると、そこには素敵な光景と地獄のような光景が同居していた。

奥の牢獄に閉じ込められてるのは、間違いなくニーナの仲間達だ。

十人くらいいるが、どれもこれも一級品の美女や美少女。

そしてその手前にいるのは、目を覆わんばかりに醜いでっぷりと太った男と、全身毛むくじゃらの暑苦しい二メートルくらいの大男だった。デブがキンナリーとかいう奴隷商で、大男は用心棒なんだろう。

「ここまで来るとはなかなかやりますね。ですが、それもここまで。やっておしまいなさい、ゴーガンさん」

デブがやけに甲高い声で指示すると、ゴーガンと呼ばれた大男が巨大なハンマーを手に前に進み出る。

「アンタのことは聞いてるぜ、サーナさんよ。変態だが強いんだってな」

ゴーガンがニヤニヤしながら話しかけてくる。

「ニーナ、離れてろ」

ニーナは少し不安そうな顔をしながら、俺から離れて部屋の隅の方に移動した。

「流石に娘を庇いながら俺を相手には……」

「お前、息、臭いんだよ」

ゴーガンの台詞を遮って俺は言った。女の子はあんなにフローラルな香りなのに、なんで男って奴はこんなに臭いんだろうな。

ゴーガンは髭でもじゃもじゃの顔を真っ赤に紅潮させて襲い掛かってきた。

どうせ顔を赤くするなら、色白の美女にしてもらいたいもんだ。

俺はハンマーを片手で止めると、もう片方の手のひらをゴーガンに叩き込んだ。巨体が吹き飛び、キンナリーを巻き込んでゴロゴロと地面を転がる。

「凄い、凄い！」

その光景を見て、ニーナは嬉しそうにぴょんぴょんと飛び跳ねた。

2

「よっ、と」

両腕にぐっと力を込めると、鉄の檻がぐにゃりと歪んで開いた。多分キンナリーが鍵を持ってるんだろうが、男の服を弄(まさぐ)るなんて気持ち悪いことはしたくないし、こっちの方が手っ取り早い。

「すごーい！」

それに、見目麗しいエルフ達に賞賛されるのも嬉しいしな。エルフってのは元妖精だけあって、鉄でできたものに弱い。だから強大な魔力を持っているのに、こんな檻で閉じ込められてしまう。

「皆、助けに来たよ！」

嬉しそうな声を上げるニーナに、エルフ達は快哉を叫びながら檻から飛び出した。

「これからどうするんだ？」

「元いた森に帰ろうと思うんだけど……」

ニーナは表情を曇らせた。森に戻っても、また人間に捕まるかもしれないと心配してるのだろう。

「どこかもっと安全な場所はないのか？」

「……西の、暗黒の森なら大丈夫かもしれない。まだあそこは人間が足を踏み入れてないから。でも……」

「暗黒の森っていうと、砂漠だの湖だの越えた先にあるところか。確かにあそこなら、エルフもたくさんいるし安全かもな」

「行ったことあるの⁉」

「ああ。ま、普通の人間じゃそう簡単に行けるところじゃないから安心しな」

エルフといえば、全員美女と決まってる。暗黒の森にエルフがいるって噂を聞いて行ってみたが、いや噂通りの美女揃いで、実に楽しかったことを覚えてる。

代わりに、行き帰りの砂漠横断はウンザリするほど暑かったけどな。

「私達だけじゃとても辿り着けそうにないの。サーナ、私達をそこに連れてってくれない……？」

うるうると瞳を潤ませて、ニーナが俺の顔を見上げる。美少女にこんな顔をされて断れる奴は男じゃない。

「ああ、だけどタダ働きってわけにはいかないな」

俺がそう言うと、ニーナは泣きそうな顔になった。そんな表情も凄くそそる。

計算してやってるなら大したもんだ。

「そうよね……でも、私達、人間のお金なんて持ってないの。価値のありそうなものも……」

「何言ってんだ」

俺は安心させるように彼女の肩にぽんと手を置いた。

「ここに、とびっきりの宝石がたくさんいるじゃないか」


それからの数週間は、本当に天国だった。

広大な砂漠を横断しながら、夜毎に天幕の下で行われる宴。

前回とは違って水や食料はたっぷり用意したし、結界を張って野獣や盗賊の襲撃はおろか、熱さも寒さも関係ない。それというのも、エルフ達がたっぷりと魔力を持っているからだ。

俺は両腕でエルフの腰をそれぞれ抱きしめながら、右側のエルフ娘の舌を吸う。その唾液はまるで最上級のハチミツ水のようにさらさらと甘く、どれだけ貪っても飽きるということがない。

「サーナ様、こっちもぉ」

左を向けば、俺の頭を掻き抱くようにしている娘の胸が俺の顔を挟み込む。例外なくスレンダーなエルフ達の例に漏れず、その膨らみはごくささやかなものだ。しかし、その肌はシルクのようにスベスベと触り心地がよく、どんなに汗をかいてもその香りはミルクのように甘く芳しい。

「はぁ、ん……ん、ちゅぅ……」

「ああ、美味しい……んん、ちゅ、ん……」

下に目をやれば、二人のエルフ娘が俺の脚の間に座り、顔を寄せ合うようにして俺のペニスに舌を這わせている。幸運なことに、売られる直前だった為かエルフ達は全員処女だった。処女じゃなきゃ駄目だなんて狭い了見は持っていないが、初々しい反応が徐々に色気を帯びていく様は何度見てもいい。

最初は拙かったその技も夜毎に洗練され、今では娼婦もかくやという腕前だ。いやはや、エルフの知性と学習能力には舌を巻く。

ニーナは勿論のこと、助けたエルフの半数以上が俺に抱かれることを最初から喜んだのは嬉しい誤算だった。

身の安全を楯に強引に犯すのも嫌いじゃないが、十人全員となると何人かには逃げられる可能性も出てくるからだ。

中には最初に予想した通り、「助けてくれたのには感謝するが、やっぱり人間は信用できない」とか「身体を売るような真似はごめんだ」などと言い出す娘もいたが、他のエルフと俺の丁寧な『説得』が実を結び、さっきまで俺の上で自分から腰を振ってよがり、今では股間から白い精液をこぼしながらぐったりと天幕の中で横たわっている。すっかり俺の虜といった状態だ。最近では、むしろ最初から乗り気だった娘よりも積極的に求めてくる。

「くぅ……いくぞっ！」

限界が近づき、俺は我慢せず欲望を解き放つ。痺れるような快感と共に腰が震え、白濁の液がエルフ達の顔を汚した。二人の娘は舌を出して精を受け止めると、まるで貴重な蜜だとでも言いたげに顔についたそれを指で掬って口に入れた。

「次は直接可愛がってやる」

俺がそう言うと、二人のエルフは嬉しそうに四つん這いの格好になり、俺に尻を向けた。その股間は触ってもいないというのに、既にとろとろに潤っている。ちなみに、右側の娘は一週間前までは『人間なんて触るのも汚らわしい！』と言っていた。人間、変われば変わるもんだ。あ、人間じゃなくてエルフか。

まあ、美女ならなんでもいい。

「ほら、人間のチンコ入れるぞ」

「ああっ……いや、やめてぇっ」

右側の娘にずぶずぶと突き入れる。言葉とは裏腹に、しとどに濡れたそこはあっさり俺の物を飲み込み、離すまいとするようにきゅっと締まった。

「どうだ？　下賤な人間に犯される気持ちは」

「いやぁっ！　入ってる、人間の汚いおちんぽがあたしのおま○こにずぶずぶ入っちゃってるぅ！」

三日前までは「サーナ様だけは特別です」という感じだったが、昨日辺りからはまた「下賤な人間」扱いに戻っていた。どうも、「下賤な人間に無理やり犯されている」というシチュエーションに興奮するらしい。

しかし、本当に無理やり犯した一週間前とは裏腹に、淫語を連発しどろどろに溶けた尻を振って俺の物を飲み込むその姿は、セックスを心から楽しんでいるようにしか見えない。まあ、事実その通りなんだろう。

「その汚いチンコに奥まで犯されて善がって尻振ってるのはどこの誰だ？　え、この淫乱エルフめ」

俺はそれに合わせて口汚く罵ってやる。すると、俺のペニスを咥え込んでいる膣がきゅうっと収縮した。感じているらしい。

「よし、出すぞっ！　汚い人間の精液を奥で出して、ハーフエルフを孕ませてやるっ！」

「だ、駄目ぇ！　やめて、中に出さないで！　中だけはっ！　中だけは許してぇっ！」

その言葉自体は、一週間前に彼女が叫んでいたものと同じだ。しかし、必死に俺を突き放そうとしていたのが、俺の腰にぐいぐいと尻を押し付け、奥まで貫くのをねだる動作になっているのだけが異なっていた。

「いくぞ……っ！　俺の、下賎な人間の子を……っ！　孕めっ！」

きゅうきゅうと締め付ける膣の最奥までペニスを突き入れ、精を解き放つ。

「あああああああっ！」

エルフの娘は甲高い声を上げて背筋を反らし、ぶるぶると震えた。

何度か抽送を繰り返し、締め付ける膣で搾り出すように俺が精液を全て吐き出すと、娘は尻を突き出したまま、ぐったりと地面に上半身を預けた。

「あああぁ……人間に子宮の奥まで精液で穢されちゃった……サーナ様の赤ちゃんができちゃう……」

うっとりと呟く彼女の中からペニスを抜き出すと、未だに硬度を保つそれにすぐに別の尻が押し付けられた。

強姦プレイを楽しみすぎて、つい放置しっぱなしになっていた、もう片方のエルフだ。

「私にも中出しなんかしちゃ、絶対駄目ですよ？　待たせた分たっぷり後ろから突き入れて、中にどぷどぷ濃い精液を注ぎ込んだりなんかしちゃ、絶対ダメなんですからね？」

そんなことを言いつつ、彼女は俺のペニスを焦らすように先端をスリットでくちゅくちゅと愛撫する。

「サーナさん、私のことも、頭が真っ白になるまで犯し尽くして、たっぷり膣内に人間精液出してハーフエルフを孕ませたりしちゃ駄目ですからね」

右腕に絡み付いていたエルフが、俺の頬に舌を這わせて言い、

「サーナさまぁ、あたしの膣も、卵子が全部妊娠しちゃうくらい精子で一杯にして赤ちゃんたくさん作ったりしちゃ駄目ですよぉ」

左腕に抱きついていたエルフも、そう言って俺の顔に胸を押し付けた。

「え、そーなの？　私は、私のエルフま○こサーナの精子で奥まで一杯にして、サーナの赤ちゃん

妊娠させて欲しいけどなぁ」

床に転がっていたニーナがむくりと起き上がって言う。この子はどうも、ちょっと空気が読めないところがあるらしい。捕まった時も真っ先に捕まり、一番管理しやすいから使い走りに出されていたとか。

「否も応もない、森に着くまではお前達は全員俺の女だ。中出ししまくって全員孕ませてやるぜ」

そう言って俺がエルフ娘に突き入れると、全員が「いやぁん」と甘い声で嫌がり、絡み付いてきた。これが毎晩なんだから、ホントたまんねぇな。いっそのこと俺も森に永住しようかとも考えたが、世界にはまだまだ何万人も美女がいて俺を待っている。それを待たせるわけにはいかない。

ま、エルフは長命なせいか元々繁殖力が低く、子供ができにくい。人間との混血ともなると更に確率は低く、一ヶ月毎日やりまくったってそうそう子供ができたりなんかしないだろう。そんなことを考えながら、俺はエルフ娘の最奥で精を解き放った。

「ここまででいいのか？」

鬱蒼(うっそう)とした森の入り口に差し掛かり、尋ねた俺にニーナはこくんと頷いた。

「もう人間に捕まったりすんなよ」

「サーナにだったら、捕まってもいいけどね」

頬を赤くして身をくねらせるニーナ。本当に可愛い奴だな、くそう。

「でも人間は百年も生きられないもんね……悲しい思いしたくないから、今のうちにさよならしておく。私、ずっとサーナのこと忘れない」

ニーナは背伸びして俺の首を引き寄せると、頬にそっとキスした。

ふと俺は気になって、彼女に聞いてみる。

「ニーナは今何歳なんだ？」

彼女はにっこりと笑って答える。

「人間の数え方に直すと六十二歳。まだまだエルフじゃ子供よ」

うお。上限を突破した。……まあ、可愛いからいいか。

俺は森に帰るエルフ達を見送り、手を振った。

深い森に消えていく彼女達全員の太ももからは、とろりと白い液体が伝っていた。

帰り、一人で渡る大砂漠で危うく死にかけ、やっぱり森に一生いればよかったと思ったのはここだけの話だ。

登場人物紹介 CHARACTERS

サーナ
エルフ美女達と夢の12P。種族的な特徴から全員貧乳だったのを少し残念に思いつつも、ハーレムプレイを心ゆくまで楽しんだ。

ドーリン
キンナリーの私兵その一。
帰りの遅いエルフ奴隷の様子を見に行ったところ、サーナに裏拳で吹っ飛ばされる。顎(あご)を骨折し、全治三ヶ月。

ダーイン
キンナリーの私兵その二。
キンナリーの館に入ってきたサーナをつまみ出そうとするも、殴り飛ばされ全治一ヶ月の怪我。

ジービン
キンナリーの私兵その三。
サーナに蹴り飛ばされ全治二ヶ月。

バーギン
キンナリーの私兵その四。

サーナに殴られ全治一ヶ月半。

ブーダン

キンナリーの私兵その五。

ニーナを人質にとるも、脅し文句を全部言い終える前にサーナに殴り飛ばされ半身不随の重症。

ゴーガン

キンナリーの私兵その六。

『ライカニッツの悪夢』と呼ばれ恐れられていた盗賊団の元頭。その強さに目をつけたキンナリーによって高額で雇われていた。かなりの力自慢で、熊と腕力で勝負しても勝てるほどの膂力を誇っていたが、片手でハンマーを止めたサーナを見て自信を喪失。田舎に帰って農家を継ぐ。

キンナリー

エルフなどの亜人種を専門に扱う奴隷商。エルフの群れを貴族に売り払い、引き渡す準備をしていたところをサーナに襲撃され、商人としての信用を完全に失う。更に貴族の後ろ楯をなくしたところで、法で禁止されている亜人種の売買が明るみになり、極刑に処される。

ニーナ

森で平和に暮らしていたところを、キンナリーに捕まえられたエルフの少女。サーナに救われ森に帰った後、仲間達と共に人間とのハーフを産む。ハーフエルフは普通のエルフより成長が早い上に皆勇敢に育ち、長くエルフの里を邪悪な人間達から守り、繁栄させた。

偉業4　アンティカ王国動乱解決

1

規則正しい馬の蹄(ひづめ)の音は、全部で十六頭分。それを遠くに聞きながら、俺は料理を口にした。

一口噛むごとにじゅわりと肉汁が染み出し、なんともいえぬ脂の旨味が舌を楽しませる。

俺はそれをエールで一気に流し込んだ。冷えたアルコールが喉を焼き、爽快な喉越しが身体の隅々まで行き渡る。

「っかぁー！　相変わらず最ッ高だなぁ、この店の料理は！」

そう言いつつも、俺の右手はもみもみとウェイトレスの胸を揉みしだいていた。

「うふふ、ありがと」

ウェイトレスのスーミは嫌がるでもなく、むしろ嬉しそうに笑った。

食事の味もさることながら、彼女がこの店に俺が来る最大の理由だ。

胸を触ろうと尻を触ろうと、まったく嫌な顔をしない。それでいて、俺以外には触らせないというのが最高だ。

常連客は勿論彼女が俺のお手つきだとよく知っているし、たまに勘違いした一見客が彼女に手を出そうものなら俺が丁重に叩き伏せてやる。そんな努力のおかげで、俺が幾ら彼女の胸を揉もうが尻を撫でようが、他の客は一切目を向けさえしないまでになった。

「それにしても久しぶりね、サーナ。二ヶ月もどこに行ってたの？」

俺のテーブルの傍で、触りやすいように胸を突き出しながらスーミは尋ねた。俺が客として来ている間、料理を俺のテーブルに運ぶ以外は、彼女はこの場を離れない。店の主からは、スーミを専属として働かせるから他のウェイトレスには手を出さないでくれ、と言われて、俺は渋々その約束を守っている。

ま、ウェイトレスの方から近づいてきた時は話は別だがね。

「ああ、ちょっと『暗黒の森』までな」

俺がそう言うとスーミは目を丸くした。

「嘘！　それって、あの死の大砂漠の向こうでしょ？」

「俺は美女には嘘をつかないって。まあ、流石の俺も死ぬかと思ったぜ」

ここで左手で子牛のステーキを一切れ口の中に入れ、エールを流し込む。勿論右手はスーミの胸に挟まるようにして谷間を泳いでいた。

「いや、普通死ぬと思うけど……」

スーミはちょっと上半身を倒し、胸を挟むようにぐっと腕を突き出した。すると深い谷間が更に深くなる。

素晴らしい心遣いだ。サービス業はかくあるべし、ウェイトレスの鑑だな。俺はその谷間に遠慮なく手のひらを潜り込ませ、その柔らかさを堪能する。

馬から下りる馬具と剣の音がカチャカチャと鳴った。

「行きはまあよかったんだが、帰りが地獄でな。途中で食料も足んなくなって、サソリやらサボテンやら食ってたんだ。これが久しぶりの美味い飯ってわけだ」

「サソリっ!? そんなの食べられるの？ 毒があるんじゃない？」

バン、と扉が勢いよく開き、鎧に身を包んだ兵士達がわらわらと店の中に入ってくる。ん、数が足んねえな。十四人しかいない。

「尻尾だけ切り落とせば大丈夫だ。結構美味いんだぜ。砂漠の生き物ってのはな、食料が少ないからその分ぎゅっと栄養をたくさん蓄えてるんだ。サソリはエビに似て、ぷりぷりとして美味いんだぜ」

「ええー、もう私エビ食べられなーい」

困った顔でスーミはふるふると身体を震わせた。その動きに忠実に従って胸がふるふると震え、俺の手を楽しませてくれる。

「サーナ！ 大人しく縛につけ！」

槍が俺達に向けられ、フルフェイスの兜に遮られてくぐもった声が辺りに響いた。

巻き添えを恐れた客達が、次々に代金を払って立ち去っていく。

「ぷりぷりといやあ、今日はまだスーミのぷりぷりのお尻を触ってなかったな」

俺は好色な笑みを浮かべて、彼女のスカートの中に手を入れた。

「いやぁん、えっちぃ」

甘い声を上げ、スーミは言葉とは裏腹に尻を突き出した。

「おい、サーナ！　この槍が見えないのか⁉」

俺の顔付きが瞬時に引き締まり、驚愕に目を見開く。

「スーミ、お前、まさか……」

スーミはこくりと頷いた。

「この後……食べるでしょ？　デ・ザ・ア・ト」

語尾にハートマークをつけて、スーミは身体をくねらせた。

なんと、彼女はスカートの中に下着を着けていなかったのだ。

そのあまりの準備のよさに、俺は感動で打ち震える。

が、残念ながらそのデザートをすぐに味わうことはできそうもない。

「くっ、止むを得ん、ものども、かか……」

「ったくうるせえなあさっきから！」

隊長と思しき全身鎧の言葉を遮り、俺は剣を抜いて振るった。

俺に向けられていた槍の穂先を全て切り落とす。客が全員いなくなり、兵士に囲まれていることに気付いてスーミがきゃあと悲鳴を上げた。

「い、いつの間に⁉」

「さっきからだ。スーミ、本当にお前は俺しか見えてないんだなあ。まったく可愛い奴だ」

俺はスーミを抱き寄せて口付けた。それだけでスーミの瞳はとろんと溶ける。

「噂通り破廉恥な奴め……！　大人しく縛につけば、命だけは許してやる！」

兵士長が剣を抜き、俺に突きつけた。

「スーミ、二階で待ってな」

スーミは少し迷いを見せたが、俺が笑ってみせると安心したように二階の自室へと向かった。

兵士達は彼女を追う気配もない。あくまで俺だけが目当てなんだろう。

「で、なんだって？　俺は捕まるようなことした覚えないけどなあ」

「馬鹿を言うな！」

本心からそう言うと、兵士長が激昂した。

「多数の婦女暴行！　殺人！　拉致誘拐！　キンナリー邸への襲撃！　他にも傷害や家宅侵入など軽い犯罪多数！　お前の罪歴は枚挙に暇がない！」

って言われてもな。

「そりゃあ俺は何人も殺したが、相手は全部、普通は悪人って言われるような奴だぜ。美女ばっか狙う連続殺人鬼だの、邪悪な魔術師だの。強姦だって最初は嫌がる子もいたけど、最後には皆善がって喜ぶから俺を訴えたりしないと思うんだけどな」

「……本人ではなく、恋人や夫、父兄からの訴状だッ！」

ああ、そりゃ納得。基本的に俺は美女には優しくするたちだ。連れ合いのいるような相手は選ばないようにしているが、いること自体を知らなかったら、それは仕方がない。

「……殺人や、襲撃に関しては君の言い分もわかる。傷害なども、確かに相手は殺されても文句はないような相手ばかりだ。十分情状酌量の余地はある。しかし、罪は罪なのだ。相手が罪人だからといって、殺していいというわけではない。だからこそ我々は、無理に君を捕らえたりせず、同意をもって連れていきたいのだ。自ら出頭するなら罪は軽くなる。死罪は免れるかもしれない」

「……美しい顔の通り、優しいんだな」

俺は笑ってみせた。ちょっとした自慢だが、俺は声を聞いただけで相手の顔を大体予測できる。兜でくぐもってわかりづらいが、兵士長はかなりの美女のはずだ。ムサい男ならともかく、俺が美女の顔を間違えるわけがないから間違いない。

「美しいだと？」

だがしかし、兵士長は鼻で笑った。そして、兜を脱ぎ捨て、軽蔑するような視線で俺を見た。

「これでも美しいと言えるか」

「……酷ぇな」

俺は思わず声を失う。

水晶のように透き通った白い肌に、すっと通った鼻筋。唇は薔薇のように赤く上品に収まり、ルビーの如き鮮やかな赤毛に、サファイアのように青く輝く瞳。まるで顔全体が宝石箱のようだ。

そして、その美しさを、左目を縦断するように縦に走る醜い刀傷が台なしにしていた。

「醜いだろう」

自嘲するように、彼女は笑う。

「いいや」

俺はそっと彼女の頬に触れ、顔を近づけた。いつそうしたのかわからなかったのだろう。彼女は突然近くに現れた俺の顔にはっとした。

「酷いのは、この傷痕なんかじゃない。この傷を治した術者だ」

「……どういうことだ？」

俺の言葉に、俺を引き離そうと動き出した兵士達を彼女は制止する。

「傷痕から察するに、この傷は間違いなく眼球に届いている。あんたは一旦、左目の視力を失ったはずだ」

「……ああ。だが、私を治した術者は腕がよかった。視力を取り戻してくれたんだ」

「いいことを教えてやろう、女騎士様。それはかなり高等な術なんだぜ。一旦失った機能を取り戻すってのはそう簡単にできるもんじゃない。それに比べりゃあ、肌に傷を残さず綺麗に戻す、なんて朝飯前なくらいだ」

彼女は驚きに目を見開いた。綺麗な碧眼に、俺の顔が映る。

うん、自分で言うのもなんだが、惚れ惚れするほどの美男子だな、俺って。

「それは……どういうことだ？」

パクパクと酸欠の金魚みたいに口を開きながら、彼女はそう尋ねた。

それにしてもぷりっとして美味そうな唇だな。思わず口付けたくなるぜ。

「治した術士は、わざとお前さんに傷を残したってことさ」

……ん。こんなもんかな。俺は彼女の頬に当てていた手を離した。

「そんな傷くらい、俺だって消せる。ほれ、俺の眼に映っている自分を見てみな」

彼女は言われるままに、じっと俺の目を見つめた。その瞳には、傷一つない彼女の顔が映っているはずだ。

そのままじっと見つめていると、彼女の目にじんわりと涙が浮かんだ。

「なんで……こんな、今更……」

「そんな物騒な格好やめて、着飾ってみなってことさ。今ならきっとよく似合うぜ、お姫様」

ぽんぽんと頭を撫でてやると、彼女はわっと泣き出した。女の扱いは慣れてるが、泣き出す女だけは何度遭遇しても慣れるもんじゃない。ホント、剣なんかよりよっぽど強力な武器だ。

兵士達も隊長の涙に動揺してるのか、お互いに顔を見合わせ困ったようにざわめく。

「とりあえず今日のところは帰りな。そこの、テーブルの陰から俺を狙ってる二人もな。俺は逃げも隠れもしないからよ」

俺が声をかけると、テーブルの陰に隠れて短剣を構えていた兵士がびくりと身体を震わせた。蹄の音が十六頭分だったのに、店に入ってきたのが十四人しかいないんだからバレバレだっての。

「それともここで俺とやっていくか？　やるってんなら悪いが手加減はしねぇよ」

剣を抜いて凄んでやると、兵士達は隊長を連れて慌てて逃げていった。

やれやれだ。

俺は剣を鞘にしまうと、二階へと向かった。勿論、少し遅れたが美味しい美味しいデザートをいただく為だ。

2

「よぉ、お姫様、こんばんは」

「な、な……」

目の前で起こっている事態が理解できないのか、彼女はパクパクと口を開いたり閉じたりした。

「相変わらず美人だな。やっぱり無骨な鎧より、そんな格好の方が似合ってるぜ。ま、美人は何を着ても様になるもんだけどな」

兵士長……もとい、アンティカ王国の第一王女、リリィ姫に向かって俺は笑いかけた。

彼女は昨日会った時のような白銀にきらめく鎧の代わりに薄手のネグリジェを着込み、場所も下町の大衆食堂ではなく、王城の尖塔の一つ、王女の寝室。ついでに俺は可愛いウェイトレスの胸を触る代わりに、黒尽くめの暗殺者の関節を極めていた。

「なんでこんなところにいるんだ⁉」

結局、リリィが最初に叫んだのはそれだった。ま、暗殺者が無力化されているんだから、判断としちゃ間違ってない。流石仮にも兵士長だ。

「俺はいつだって美人の傍にいるからさ」

俺がそう嘯く(うそぶく)と、リリィはその形のよい眉を吊り上げた。そんな表情も実に可愛らしいが、あんまりからかって人を呼ばれても困る。

「本当は、君が危ないと思ったからだ。ほら、実際この通りだろ？」

俺は暗殺者の覆面をはいで、床に転がした。関節を極めてた時からわかってたことだが、ムサい男だ。まったくもってつまらん。

「兵士の真似事なんかしてたのは、顔の傷のせいだろ？　悪いが噂は聞いたぜ、リリィ姫。隣国の王子と結婚が決まり、老いた父王に代わって女王として即位する予定だったのが、その傷のせいで流れたってな」

この国に王子はいない。いるのはリリィとその妹、ローズだけだ。

そして、リリィは怪我を負い、ローズが女王として即位した。

この国で女王に求められるのは、政治手腕ではない。象徴としての美しさだ。

俺は暗殺者に剣を突きつけ、低い声で問う。

「言え。誰に頼まれた」

暗殺者は地面に転がりながら、俺を馬鹿にするような笑みを浮かべた。

「尋問でも拷問でも好きにしろ。その程度で口を割ることはない」

「……だってさ、リリィ。どうする？」

「気安く名を呼ぶな」

ようやく我に返ったのか、リリィは憮然としてそう答えた。

「口を割らせるまでもない……私の傷が治って一番困るのは、ローズだ。元々、私は女王になどなりたくなかった。だから傷を理由に王族であることも捨て、兵士として市井に身を置いていたというのに……！」

リリィは、燃える炎のような視線を俺に向けた。怒りではない。憤りだろう。

実の妹に命を狙われ、女の命ともいえる顔に傷をつけられ、それにどうにか折り合いをつけたと思ったらまるでなかったかのように治される。理不尽に思っても仕方ないだろう。

「馬鹿だな。そんなわけないだろ」

俺はため息をついてそう言った。足元の暗殺者が逃れるように身じろぎしたので、蹴って引っくり返し、背中と右腕の辺りを踏んでやる。

「お前を狙ったのはローズ姫じゃないよ。別の誰かだ」

「何故そんなことがわかる⁉」

リリィは俺に掴みかからんばかりに激昂した。

彼女とて、本当は実の妹を疑ったりはしたくないんだろう。

「簡単だよ。ローズはお前の妹だ。お前と同じで素晴らしい美女だった」

一度式典か何かで手を振っているのを見たことがある。

リリィはキリっとした美女だが、ローズはほんわかとした大人しそうな美女だった。どっちもイメージが名前とは反対だな。

「美女がそんなひどいことするわけないだろ」

俺がそう言うと、リリィはぽかんと口を開け、呆れたような表情をした。

どんな顔をしても様にはなるが、あんまり頭よさそうに見えないからやめた方がいいと思うぞ、それ。

「どういう理屈だ……噂通り、君の頭の中には女のことしかないようだな」

他に何を考える必要があるっていうんだ。

「根拠はそれだけじゃない。ちょっと考えりゃわかるそんなことを、コイツは絶対に言わないって言ってるんだぜ。……それに、コイツの言葉にはちょいと訛りがある」

ぎくりと身体を震わせる暗殺者に、俺は剣を突きたてた。

剣は狙い違わず、正確に骨を避け、心臓を貫く。暗殺者は声を漏らすこともなく、すぐさま絶命した。

「殺してどうする⁉」

「まあまあ、見ときなって。……よっと」

俺は印を組んで呪を唱えた。流石にこれを使うにはちょいと気合がいる。

暗殺者の傷はみるみる塞がり、床に飛び散った血も全て元通りになった。

「ぶはっ！　はーっ、はーっ、はーっ！」

暗殺者が息を吹き返し、肩で荒く息をする。

「よぅ、お帰り。あの世はどうだった？」

「なんだ⁉　一体、俺に何をしたんだ⁉」

暗殺者は俺の足の下でわめく。その顔は真っ青に血の気が引いていた。

「一回殺して蘇生した。どんな拷問も耐えるって言ったな。そりゃあ、肉の痛みは肉にしか効かんからな。薬で痛みを飛ばしちまえば、腕を折ろうが爪を剥ごうが関係ない。耐える自信があるんだろうよ」

俺は剣を男の背に押し当てた。

「だがお前、死んだことはなかったんだろ。死んで蘇生されると、傷つくのは肉でも骨でもない。魂だ。魂の痛みにどこまで耐えられるかね？」

再び、正確に心臓を突き刺し、蘇生する。

「やめろ！　やめてくれ！」

暗殺者は涙声で悲鳴を上げた。

「誰に頼まれたか言うか？」

「ローズだ！　ローズ姫、に」

「嘘をつくな」

再び暗殺者の心臓が鉄の固まりに両断される。そして、すぐに蘇生……おっと、やべ。

蘇生を失敗してミイラのように水気を失った暗殺者から足をどけて、ちょっと本気で集中する。

くそ、美女だったら絶対失敗したりなんかしないんだが、男だといまいちやる気が出ねえ。

「何が、今、何が起こった⁉」

瑞々しい肌を取り戻した暗殺者が、蘇生するなり叫んだ。

「一回蘇生失敗しただけだ、ガタガタ抜かすな」

俺は再び暗殺者を踏んづけた。しかし、黒尽くめの男を踏んでると、ゴキブリでも相手にしてるような気分になってたいそう気持ちが悪い。俺は眼の保養としてリリィを見つめた。

「失敗⁉　どういう、ことだ⁉　俺はあと何回死ぬんだ⁉」

「うるせえな、俺だって失敗くらいするよ、にんげんだもの。二回失敗するとお前塵になって、転生もできなくなるから気をつけろよ」

俺がそう言うと、暗殺者は動きを止めた。ああ、やっぱりか。俺の推測が正しければ、コイツは転生後極楽にいけるって話を信じてる。実際どうかは死んだことがないからわからないが、まあ眉唾な話だ。

しかし、その宗教を信じてる連中は、死を恐れない。

「アールガ王子だ……」

ぼそり、と暗殺者は言った。

「オステリア国のアールガ王子が、リリィ姫を殺せと俺に依頼した」

「だとさ」

リリィを見ると、可哀想に、彼女は顔を蒼白にしていた。

「そんな……馬鹿な」

「こいつの言葉には僅（わず）かだがオステリア訛りがある。転生云々ってのも、あちらさんの国教だ。間違いないな」

どっちにしろ彼女にとっては酷だったかもしれないが、俺は真実を告げた。

「あんたを殺そうとしたのは、あんたの元婚約者だ」

3

「ん、んんっ、あ、んっ……！」

俺に唇を塞がれたまま、下からコツコツと突き上げられてスーミはくぐもった声を上げた。

反応がわからずとも、彼女の弱いところはもう知り尽くしている。俺は彼女のたっぷりした尻肉を抱え上げるようにして突き入れ、中に精を放った。

「～～～～～っ！」

舌を絡ませ合ったまま、彼女はビクビクと震えて気をやると、そのまま俺にぐったりともたれかかった。

その直後、コンコン、と上品にドアがノックされる。タイミングバッチリだな。

「どうぞ」

「サーナ、やはり君の言った通り……って何をしているんだっ！」

リリィは扉を開けるなり叫んだ。相変わらずよく通る声だ。

「見りゃわかんだろ、セックスだよ……体位のことなら、対面座位だ」

「そ、そんなことはわかってる！」

リリィは顔を真っ赤にしてくるりと背を向けた。初心な奴だ。

俺はスーミの腰の辺りに手をやると、気を失っている彼女をひょいと持ち上げてベッドに横たえた。持ち上げると股間からとろりと白濁した液がこぼれ落ちる。やっぱセックスは中出しに限るな。

外にかけて汚してやるのも悪くないんだが、二回目、三回目とする時自分の腹ににちゃにちゃと精液がつくのは、自分のものとはいえどうにも気持ちが悪い。やはり、精液は全部女の子の子宮に注ぎ込んでやりたいもんだ。

「で、アー……なんつったか。野郎の尻尾が掴めたんだろ？」

「アールガ王子……今は女王ローズの王配、アールガ殿下だな」

そんな名前だったか。美女の名前なら絶対忘れないんだが、野郎の名前を覚えておく余地は俺の頭にはないらしい。

「女王に隠れ、オステリア国に有利な条文を幾つも立てていた。大臣も何人か引き込まれてるみたいだ。ローズはアールガを完全に信頼して、気付く様子もない」

「証拠が揃ったんなら、とっとと捕まえればいいんじゃないのか？」

俺がそう言うと、リリィは表情を暗くした。まあ、問題がなけりゃ、幾ら俺がいい男だからって、お姫様がわざわざ会いに来たりしないよな。

「ローズは……本当に、アールガを慕っているんだ。アールガを告発しても、彼女はあちらの味方をする可能性が高い。大臣数人に王配、そして女王までもが味方すれば、幾ら証拠を揃え訴えたとしても、首を刎ねられるのはこちらの方だ。私は実権を持たない、ただの女王の姉に過ぎないのだからな」

「なるほどね。……じゃあ行くか」

不思議そうに俺を見るリリィに、俺はにっこりと微笑んでやった。

「仲直り、さ」

「一体何なんですか⁉　あなたはどなたです⁉」

「なあ、本当にこれしか方法がないのか？　本当にこれ以外にないのか？」

「あーもう姉妹揃ってやかましいな」

キンキンと響く声に流石に辟易し、俺は耳を塞いだ。どうせ上げるんなら色っぽい喘ぎ声にして欲しいもんだ。

「誰か！　助けて、誰か！」

ローズが扉を引っ張り、叩くが扉はびくともしない。

「悪いが結界を張らせてもらったんで、外に出ることも助けを呼ぶこともできないぜ」

声をかけると、ローズははっと振り返り、扉を背にすると俺とリリィの顔を交互に見た。

「そう……ついに、私を殺しに来たんですね、お姉さま」

「殺し……な、何を言ってるんだ、ローズ⁉」

「やっぱり、あの人の言っていた通り……こ、殺される、くらいならっ……！」

ローズはドレスの裾から短剣を取り出すと、腰だめに構えた。その途端、ローズの目がその名に相応しく赤く光る。なんかよくない呪がかかってんな、アレ。

ローズが凄まじい速さでリリィを襲う。武器も防具もつけてないリリィに、それをかわす術はない。

「まあ、そういうのはいいからよ」

俺は無造作にローズの腕を掴むと、短剣をひょいと取り上げた。

途端に、何もかも殺したいという凄まじい殺意が心の奥から湧き出してくるが無視する。

こんな美人殺すわけないだろ馬鹿かこの剣。

「え、えっ？」

ローズの目が元通りの青い輝きを戻し、困惑するように辺りを見回す。一瞬意識が飛んだんだろう。……これは使えるかもな。

「まあ落ち着け。別にお前を殺しに来たわけじゃない。リリィはお前と仲直りしに来たんだよ」

「仲直り……？」

意識が朦朧(もうろう)としている間に、俺は彼女に教え込んだ。

「そうだ。リリィはお前のことが大好きなんだ。……アールガに、リリィがお前を殺そうとしていると教えられたのか？」

ローズはこくりと頷く。やっぱりか。

「馬鹿を言うな！　なんで私がローズを殺さなきゃならないんだ⁉」

リリィが叫んだ。

「だって……お姉さまを、差し置いて……私が、女王になったりしたから……お顔の傷も治って、私を殺して女王になるつもりだって、アールガ様が」

つまり、この姉妹はお互いに殺されると思ってたんだな。可哀想に。

「そんなことはない。リリィはローズをずっと大切に思ってたさ。そうだろ？」

俺の言葉に、リリィはこくこくと頷いてみせる。

「でも……」

しかし、ローズはそれを信じきれない様子だった。

「信じられないのも無理はない。が、そんな時お互いを心から信じるのにいい方法があるんだ」

「それは……？」

縋るような目を向けるローズ。美人にこんな目で見られるのはたまらないね。

「勿論、セックスだ」

俺はニッコリ笑って言った。

「え、え⁉」

ローズは困惑し、俺とリリィの顔を交互に見た。リリィも困ったように俺を見ている。

俺はローズの手のひらに呪われた剣を押し付け、呪いの一部を彼女に移してやった。殺意は剣に宿したまま、判断能力だけを奪う。すると、彼女の瞳がぼんやりと焦点を失った。

「セックスってのは、二人とも裸でするだろ？　つまり、お互いに何一つ隠し事のない状態ってわけだ。隠し事なしで、お互いに身体を結びつけ合う。これ以上にお互いを信頼できる方法があるか？」

言ってることは無茶苦茶だが、二人とも本当は互いを信頼したがってるんだ。

俺は、それを後押ししてやるだけだ。

「で、でも……」

リリィはローズの顔を見て、顔を真っ赤にした。

「とはいっても、女同士、しかも姉妹でそういうことはし難いだろう。そこで、不肖この俺が橋渡しを務めることとしよう」

俺はゆっくりとリリィの肩を抱く。

「俺がまずリリィを抱いて、その後にローズを抱く。そうしたら、二人がセックスしたのと同じことだろ？」

俺は言い切った。こういう時は、それが当たり前だという態度が重要だ。

「え……そ、そうなのですか？　お姉さま」

「いや……うん、そ、そうだ、その通りだな」

否定しかけたリリィの肩をぐっと握って肯定させる。

判断力を失ったローズはそれで納得したようだった。

なんだ。今でも十分信頼してるじゃないか。

「ちょっと筋書きが変わったが、気にするな。まあ元々報酬として抱かせてもらう予定だったから、先払いみたいなもんだ」

リリィの耳元で囁き、身を硬くする彼女を俺はベッドに押し倒した。

4

「なんだ、もう濡れてんじゃないか」

リリィのスカートを捲り上げ、下穿きに手を伸ばすとそこはしっとりと湿り気を帯びていた。

「そ、それは……君が、あんなものを見せるから」

あんなもの、というのはスーミとの情事のことだろう。

あれから一時間は経ってるのに、まだ気にしてたのか。結構ムッツリスケベなんだな、この子は。

「じゃあ責任持って欲求を解消してやろう」

俺はリリィのドレスを脱がし、次いで自分も服を脱ぎ捨てた。着衣のままってのも悪くないが、全てを曝け出して～なんて言った建前上、全裸にならざるを得ない。

これは自慢ってほどでもないが、どんなに複雑な衣装だろうと、俺は美女の服なら瞬く間に脱がすことができた。

「流石お姫様、綺麗な胸だな。……ローズもそっち吸ってやれよ」

俺が右胸にむしゃぶりつきながら言うと、魔剣の呪いでぼんやりしてるローズは言われるままに、緩慢な動きでリリィの左胸の先端を吸う。

「ちょっと、駄目……っ、そんな……！」

びくんとリリィは身体を反らせる。なかなか感度はいいようだ。俺は胸の先端を舌で愛撫しながら、秘部へと指を忍ばせた。

「あっ、ああっ！　そんな、ところ……！」

そこは湿り気を帯びてはいるものの、処女だけあってまだピッチリと閉まり、指すら入りそうにない。普段ならじっくりねっとり責めてやるところだが、今回は後もつかえてることだしな。

「いくぞ。……ローズに不安を与えないように、なるべく我慢しろよ」

俺はいきり立った物をリリィの股間にあてがい、勢いをつけて一気に突き入れた。

「ひっ……！　……あ、あれ……？」

訪れる身を裂くような痛みを覚悟し、リリィは身を硬くする。しかし、いつまで経ってもそれは訪れず、代わりに太い何かが身体の中に押し入る圧迫感だけが感じられた。

「悪いな。魔術で痛みは消させてもらった。本当は、ちゃんと痛みも味わってもらうのが処女喪失の時の醍醐味なんだが……」

「い、いや、そんなのはいい」

ぶんぶんとリリィは首を横に振る。わかってねえな。

……まあ、その辺の機微は今度膜ごと傷を治して、改めて味わってもらうとしよう。

俺はゆっくりと抽送を開始する。痛みはなくても、中はしっかりと傷ついてはいる。

いきなり激しく動いて傷口を広げるのも可哀想だ。

「ん……なんか、ちょっと気持ちよくなってきた……かも」

キツキツだったリリィの中は、いつの間にか愛液と血に塗れ、ぬるぬるになっていた。

まあ、この愛液は気持ちいいからというよりは、摩擦から身体を守る為に分泌されたものだろう。

しかし、乾いた中を動くよりは、ぬるぬるの中で擦り合わせる方が快感が強いのは当然のことだ。

「これからもっとよくしてやるよ」

徐々に抽送を速めながら、横で四つん這いになって子猫のようにリリィの胸を吸っているローズの股間を弄ってやる。

「ひゃん」

こちらは既に男を知っているだけに、リリィの痴態に当てられたのか、そこはしとどに濡れていた。

「ローズ、リリィにキスしてやれ。好きならできるだろ?」

上気した表情で俺の顔をうかがう彼女にそう言うと、ぼんやりとローズはリリィに口付ける。

「ん、んん……っ!」

上の口を妹に塞がれたまま、リリィは下の口を俺に犯される。

同時に、俺は指をローズの股間に突き入れ、中の壁を擦るようにして愛撫した。

俺の愛撫にローズが身体を震わせる度に、まるで連動しているかのようにリリィも身体を震わせる。やっぱりこの姉妹はそっくりだな。

「ん、あっ……あっ、あぁんっ」

俺の指に耐えかねたのか、ローズがリリィから唇を離し、声を上げる。

「っぷはぁ、あ、だっ、めぇぇっ！　は、あぁぁぁんっ！」

と同時にリリィは荒く息をしながら、高く鳴いた。ローズとのキスで大分高まってきたらしい。

「よしっ、一気に、いく、ぞっ！」

空いてる右手でクリを刺激してやりながら、リリィの奥深くまでずんと突き入れる。

「あぁっ！　駄目、それ、駄目、やめ、て、駄目、だって、ば、あ！」

突き入れる度にリリィは嬌声（きょうせい）を上げ、その声色はだんだんと余裕をなくしていく。

「ほら、イっちまいな。妹の見てる前で」

そう囁くと、リリィは一瞬ローズに目をやった後、派手に潮を吹き出しながら絶頂に達した。

「さて、お次は君の番だ、ローズ」

ぐったりしているリリィからペニスを引き抜き、血と愛液と潮に塗れたそれをローズに見せ付ける。

「大きい……」

ローズはそれを見つめ、ぼんやりとそう呟いた。いやあ、嬉しいこと言ってくれるな。

とりあえず人形を着せ替えるようにローズの服を脱がし、うつ伏せの状態から膝を立てて尻を高く上げさせる。そして、お褒めいただいた自慢の一物で、後ろから一気に貫いた。

「んんっ」

こちらは生娘じゃないし指で愛撫していた分、挿入はスムーズに済む。しかし、それにしては妙に中はキツかった。俺は少し考え、ローズにかかっている呪いを解いてやる。

俺からは見えないが、ローズの瞳に理性の光が戻る。

「はぁんっ！　え、な、何が起こったんですか⁉　一体何が……あぁっ⁉」

途端、彼女は快楽に身をよじらせた。判断能力を失っていようと、その身体は正直に快感を味わっていたのだ。理性を取り戻しても、半ばその思考は快楽によって溶かされていた。

「さっき言っただろ、仲直りの真っ最中だ。……さっきまでリリィを貫いていたペニスが、今君の中にあるんだ」

俺が低い声でそう囁いてやると、ローズはぞくりと身体を震わせた。

「本当に姉妹でそっくりだな……」

「……そんな、はず、ありませんわ……」

思わず呟くと、ローズは身を震わせながらそう言った。

「お姉、さまは……先代、王妃様の……子。わたくしは、卑しい、妾の、子……武術も、政治も、何も、かも、お姉さま、の、方が……上……わた、くしは……何も、できない、愛されても、いない、ただ、の……飾り。父上の、うつくし、い、赤い髪、だって……」

俺に後ろから突かれながら、ローズは涙を流した。俺に抱かれて嬉しいから泣いてるんじゃない、ってことくらいは俺にだってわかる。

燃えるような赤い髪をしたリリィとは違い、ローズは輝くような金髪だった。どうもその辺りがコンプレックスになってるらしい。

「でも、王様は二人とも平等に愛してたんだろ？　髪の代わりに、赤い名前を貰ったんじゃないか」

俺がそう言うと、はっとしたようにローズは顔を上げた。その先には、彼女を慈しむように見つめるリリィの姿。

「それに、半分しか血が繋がっていなかろうが、俺に言わせりゃ二人ともそっくりだぞ。パニックになるとすぐにわめきだすところとか、サファイアみたいな綺麗な目とか、凄い美人なところとかな」

まあ、わめくのは女なら大体皆そうだけどな。

「あと、この辺が性感帯なところとか」

「ああっ……」

膣の中ほどを突いてやると、ローズは気持ちよさそうに声を上げた。

「嬉しい……今まで誰も、わたくしとお姉さまをそっくりだなんて、言ってくれなかった。皆、お姉さまを褒めるか、わたくしを褒めるかしか、してくれなかった。でも、わたくしは、ずっと……」

うっとりと頬を染めるローズ。うーん、感じてくれるのは嬉しいんだが、どうにもリリィに負け

てる感が拭えんな。

「ローズ……可愛い」

さっきイった余韻の残る表情で、リリィがローズに口付ける。美女同士の絡みは見ていて心がほっこりする光景ではあるが、俺のこともできれば忘れないで欲しい。

「あっ、あっ、す、ごいっ」

そんな思いを込めてずんずんと突き入れてみると、ローズ姫からお褒めの言葉が飛び出した。

「こんな、凄く……気持ち、いいの、初めて……っ。あの人の、とは、全然違う……！」

アなんとか王子とやらは、かなり下手糞なのか、小さいのか、もしくはその両方なんだろう。

ローズの中は全然開発されてない。俺は彼女の膣内を、丁寧に解きほぐしていった。

「ああっ、もう、駄目、ぇっ！　おね、え、さま、ぁっ！」

リリィの名を呼びながら、ローズは背をぐっと反らし、気をやる。同時に、俺はその奥深くに精を放った。


それから数日後、スーミの店。

「……それじゃ、結局なんとか王子とやらは死んだのか」

「ああ」

鎧を着込み、剣を腰に携えたリリィは、酒を片手に頷いた。

「私がこの手でバッサリと斬ってやった」

王子は国益を損なった罪により、女王ローズから政治から手を引くように言い渡された。

その途端、女王に襲い掛かり、ローズの傍に控えていたリリィに返り討ちにされたらしい。

「元とはいえ隣国の王子を斬っちゃって問題なかったのか？」

「その辺はローズがしっかり手を回していたから問題ない。自分ではああ言っていたが、あの子の政治……特に、外交手腕は私など比べるべくもないほど高い。コンプレックスも克服したようだし、今後は名君として称えられるだろうな」

「ふーん」

まあ俺にとってはどうでもいい話だ。

「で、なんでまたそんな鎧なんか着てるんだ？」

気になっていたことを尋ねると、リリィはその名前に相応しく花のように表情を綻ばせた。

「やはり、私には姫は向いていないようだ。それに、私がいるとどうしても私を担ぎ上げて権力を握ろうとする愚か者達が湧いて出る。それくらいなら、いっそ城を出た方がいいだろうと思ってな。そうは言っても兵士に戻るわけにもいかんし、流浪の冒険者として旅に出ることにした」

「へぇ。ローズがよく許したな」

俺は酒を口に入れながら相槌を打った。あの後、こっちが妬けるくらいにローズとリリィはべったりだったのだ。旅に出るなんて言えば、泣いて引き止める気がするんだが、意外だな。

「ああ、サーナが私を命に代えてでも守る、という条件で許してくれた。あと、年に四度は顔を見せろとも言っていたかな」

その言葉に俺は思わず酒を吹き出した。

「おい、汚いな」

「な、なんで俺がお前のお守りをしなきゃなんないんだよ⁉」

俺が叫ぶと、心外そうにリリィは眉を吊り上げた。

「仮にも一国の姫の処女を奪っておいて、やり逃げする気か？　しっかりと責任は取ってもらうからな。ああ、心配するな、妾は何人作ろうと許してやる。ただし正妻は私だ。私より多く妾に出すことは許さんからな」

リリィの表情は真剣そのものだ。

いや、まあ、これほどの美人だったら別に構いやしないが……

「ちなみに、もし私を泣かせるようなことがあった場合、国を挙げて報復するとローズが言っていたぞ」

「……わかったわかった。ったく、恐ろしい妹様だな」

「当たり前だ。この私の妹なのだからな」

そう言って笑うリリィは、今までで一番美しく見えた。

登場人物紹介

CHARACTERS

スーミ

『見えざる青の黒猫亭』の看板ウェイトレス。サーナにべた惚れであり、子供を楯に結婚を迫ろうとあの手この手でサーナを誘惑しては中に出してもらっていたのだが、さっぱりできず。リリィに横から掻っ攫われてかなり涙目。しかし、結婚後もまったく変わることなくサーナが抱きに来るので、これはこれでいいかと思うようになった。

兵士その一～十三

傷の治ったリリィに一目惚れするが、僅か数日後に全員失恋する。

兵士その十四、十五

伏兵として隠れていたがゆえにリリィの顔を見ることなく、幸せだったのかそうでないのか少し悩む。

リリィ

サーナの正妻の座をゲットし、自身も稀代の女騎士として名を馳せてゆく。

ローズ

売国奴であった夫を処刑した後、独身を貫く。しかし、父親不明（公然の秘密）の子を何人も生み、多くの子や孫に見守られ幸せな人生を全うする。娘に王位を譲るまでは、女だてらに他国の王に一歩も譲らず、善政を敷く名君として民衆から尊敬され続けた。

サーナ

成り行きで結婚したものの、浮気には寛容な妻に行動は殆ど変わらず。むしろ遠隔地に行く時も移動中に抱ける相手を得て腰がますます軽くなり、サーナの犠牲者は増えるばかり。ちなみに罪状は一旦恩赦で帳消しになったものの、行動を改めないので瞬く間に積もってローズの頭痛の種になった。

偉業5　ロディーク山の火竜退治

1

「オーガってのは動きはまあまあ速いけど、頭は悪いし基本的に他の生き物を馬鹿にしてる。パワーだけなら、まぁ竜にでも勝てるくらいはあるんだが――」

「サーナ！　後ろ、後ろーっ!!」

慌てた様子でリリィが叫ぶ。そんな彼女も可愛いが、あんまり心配かけるのもよくないか。俺は彼女に顔を向けたまま、剣を横に振った。ずっぱりと腹を断ち割られ、オーガが地面に沈む。

「とまあ、こんな感じで隙だらけだから腹を簡単に斬れる。な、簡単だろ？」

「あ、ああ……怪我はないのか？」

血と汚物の酷い匂いが辺りに充満したが、リリィはさほど気にした様子もなく、俺に駆け寄った。

流石俺の嫁だ。

俺は剣を振って血を払うと、鞘に納めてリリィに渡した。

「やってみな」

「む、無茶を言うな!?　兵士数人がかりでようやく一体倒せる相手だぞ!?」

「大丈夫、リリィならいけるって。ほら、今日中に十匹倒さないといけないんだから頑張れよ。あ、あと九匹か」

俺についてくるんならそのくらいできてもらわないと困る。言外にそう言い、俺は彼女に剣を押し付けた。

恐る恐る、といった様子で彼女は洞窟を進む。さて、俺は本命を倒しに行くとするか。

「ま、待て、私を置いていくのか⁉」

すたすたと洞窟の奥に向かうと、リリィは恐怖に顔を引きつらせて叫んだ。

「オーガちゃんと倒しておけよー」

「は、薄情者ッ！　妻に何かあってもいいとでも――」

リリィの叫び声を後にして、俺は洞窟の奥に向かって走る。オーガが群れで出るなんてことはそうそうない。つまり、この洞窟には主がいるってことだ。そして迷宮の主とくれば、清らかな乙女。これはもう古代からのお約束みたいなもんだ。

「待ってろ、俺の乙女達ーっ！」

叫び声に驚いて襲い掛かってきたオーガの頬を殴り倒しながら、俺は洞窟の奥にダッシュした。

「馬鹿な……嘘、だろ……？」

そして、最奥に辿り着いた俺が味わったのは絶望だった。全身は血に塗れ、膝をついて崩れる。

「なんで……」

それを、迷宮の主が見下ろした。

「なんで女の子が一人もいないいんだよォ————ッ!!」

「そ、そう申されましても……」

俺の魂からの叫びに、魔術師は困ったように言った。

「ふざけんな！　お前も邪悪な魔術師だったら処女の一人や二人近隣の村に要求しろよ！　そんで俺に倒されろ！」

「無茶苦茶言わんでください!?」

襟を掴んで揺さぶると、魔術師は悲鳴を上げた。ええい、男の悲鳴なんぞ聞いてもまったく嬉しくない。

話を聞いたところによると、コイツは人間嫌いで引き篭もっているだけで特に野心とかはないらしい。付近の村から依頼されたオーガ退治も、制御しきれなくなったオーガだったのでむしろありがたいだとか。ふざけるな。

「どっちにしろこの辺りにはドラゴンが住んでいるから、あまり無茶はできないんですよ」

「ドラゴンだって？」

俺はぴたりと揺さぶりを止めた。ドラゴンといえば邪悪な魔術師に並ぶ清らかな乙女スキーじゃないか。

「サーナ……！　ようやく、追いついたぞ……！」

その時、息も絶え絶えにリリィが剣を杖にして魔術師の居室を訪れた。かなり疲労してはいるようだが、大きな傷はない。見立て通りだ。

「死ぬかと……死ぬかと思ったんだからな！　しかも一度や二度じゃない、九回もだ！」

「ああ、よく頑張ったな。偉いぞリリィ」

彼女の身体を抱き寄せ、頭を撫でてやると彼女は途端に相好を崩し、それを隠すかのようにぷいと横を向いた。

「ほ、褒めるならもっとちゃんと、態度でだな……」

「そんじゃ次はドラゴン退治行くぞ」

リリィは気絶した。


「んっ……あ、う、あ……？」

「お、気がついたか」

パチパチと目を瞬かせるリリィに、俺は微笑みかけた。

「え、な、な、あぁぁっ⁉」

それと同時に手足をバタつかせる彼女を、俺はしっかりと腕を回して抱きとめる。

「おいおい、暴れるなよ。危ないだろ」

勿論彼女を振り落としてしまうようなヘマはしないが、はみ出た手足が火傷するような事態は避けたい。

「……この、状況はなんなんだ」

リリィも大分俺の相手に慣れてきたのか、すぐに息を整えて端的にそう尋ねた。この状況って言われてもな。俺は周りをぐるりと見渡し、見たままを彼女に伝える。

「ここはドラゴンの山。周りは溶岩だらけ。そこを、リリィとセックスしながら進行中。ああ、今火トカゲ（サラマンダー）を蹴り飛ばした」

全身真っ赤な炎に包まれた、体長一メートルくらいのトカゲを蹴り飛ばして溶岩に叩き込みながら俺は言った。同時に、両手に抱えたリリィの尻を揉みながら秘裂の奥に突き入れる。

気を失っていたというのに、彼女のそこはしとどに濡れ、蜜を溢れさせていた。すっかり俺専用の身体に開発されたようだ。

「なん、で、そんなあぁぁ……こ、とぉっ……こら、やめろ、そんな突くなぁ」

言葉では抗議しながらも、彼女の声は甘く溶ける。上も下も彼女の口は実に正直だ。

「まあまあ、流石にドラゴンとは抜いて戦うから、それまでは楽しもうぜ」

「んっ、ああ……もう、サーナのぉ……ば、かぁ……」

彼女は諦めたらしく、俺の首に腕を回して唇に吸い付いた。俺は幅十センチくらいの細い道をひょいひょいと渡りながら、彼女の柔らかな唇と舌を堪能する。下は溶岩だが、周囲に防護膜を張っているので熱は遮断されている。何の問題もない。

リリィは上半身だけは鎧を着けたままなので、あのたっぷりしたおっぱいを堪能できないのは残念だ。が、上だけ鎧を着て下には何も穿かず、裾から白くて美味しそうな太ももがすらりと伸びる様は実にエロい。うむ、けしからんな。存分にいただこう。

そんな彼女を抱えながら、俺はドラゴンの洞窟を奥へと進む。

たまに現れる魔獣を踏みつけ蹴り上げる度に、その振動で揺さぶられたリリィが高く甘い鳴き声を上げた。


「さて、そろそろか……」

濃密な硫黄の匂いをかぎつけ、俺はリリィを地面に降ろした。彼女は既に何度も気をやり腰砕けになっているらしく、萎えた足でそれでもなんとか自分の体重を支える。生まれたばかりの子鹿のように震えるその脚の間からは俺が放った精液がぽたぽたと垂れ落ち、地面に落ちるなりじゅうじゅうと音を立てて気化した。

「本気でドラゴンと戦う気なのか？　そんな装備で？　というか、私のタセットやグリーブはどうしたんだ？」

正気に戻ったのか、リリィは矢継ぎ早に尋ねる。タセットだのグリーブだのってのは、鎧の下半身部分のパーツのことだ。全身を板金鎧（プレートアーマー）に包んだリリィに比べ、俺の装備は軽装だ。

両手を覆う篭手にブーツ代わりの具足、胸当てくらいしかつけていない。実に身軽なもんだ。

「流石にリリィにも竜と戦えとは言わないさ。ここで待ってろ。あと、防具は邪魔だから捨ててきた」

「な、先祖伝来の板金鎧をか……⁉」

そんな由緒ある代物だったのか、アレ。それはちょっと悪いことをしたが、まあ、あの魔術師いい奴そうだったから運がよければとってあるだろ。それより、だ。

「そろそろその鎧着るのやめろよ。人間やゴブリン、オークくらいが相手ならともかく、これから先は重装鎧なんて何の役にも立たないぞ」

先祖伝来、などと言えば聞こえはいいが、それってつまり古くて遅れてるってことだ。勿論、今の時代まで伝わっているからには相当の代物なんだろうが、はっきり言って技術なんてもんは日進月歩だ。最新の鎧の方が軽くて硬い。

なにより、大型の魔獣や竜なんて相手には、人間の鍛えた防具なんてないも同然なんだ。だから冒険者と呼ばれる連中には軽装が多い。防具は最低限で、大事なのは回避だ。

「む……わかった」

そう説明してやると、渋々ながらも納得したのかリリィは頷いた。

「それに、重装じゃいけないもっと重要な理由がある」

「教えてくれ」

真剣な表情で、リリィは尋ねた。

「重装だと脱がしにくいしセックスもしにくい」

真剣な表情で、俺は答えた。

殴られた。何故だ。

2

リリィを結界の中に待たせて、俺は一人ドラゴンのもとへと走った。

そこは火山の中心に当たる場所で、ビーフシチューの上に丸く平たいパンを乗せたような地形だった。勿論、シチューは溶岩でパンの上から転がり落ちれば俺でもただじゃすまない。辺りには硫黄の匂いが充満し、噴煙が立ち込めていた。

その中央に、真っ赤なドラゴンが鎮座し、じっとこちらを睨みつけている。地面から首の高さは五メートルくらい。頭から尻尾までは十五メートルってところだろうか？　火竜を見るのはこれが初めてだが、竜の中でもまあまあ大きい方だ。

トカゲのような頭には何本もの角がまるで王冠のように生えており、金の瞳の輝きが俺を貫いている。その目はいかなる煙をも見通し、正確にこちらの姿を捉えているはずだ。

鱗は細かく一枚一枚が磨き上げられた刃のように煌びやかで、深みのあるワインレッドをしていた。蝙蝠のような翼はこちらを威嚇するように大きく広げられ、その尾は槍のように突き出たトゲを見せびらかしながらゆっくりと地面の上をするすると這った。

瞬間、火竜は大きく口を開いたかと思うと、石をも溶かす強烈（きょうれつ）な炎を吹き出した。回避が一瞬遅れ、俺の髪の毛が数本灰になる。危ない危ない。

……しかし、参ったな。

俺は剣を引き抜きながら、内心冷や汗を流した。まさか、火竜というのがこれほどまでとは思わなかった。

あの鱗にこの剣を突き刺すことはできない。ならば、どうする？　俺は必死に考えを巡らせた。

巨体に見合わぬ速度で火竜は俺に迫り、その鋭い爪を振りかざした。俺はその一撃をかわし、腕を駆け上がると火竜の首に剣を叩きつける。

ギン、と鈍い音を立て、剣は弾かれた。火竜の首には傷一つなく、鱗にひびすら入っていない。

ぶんと振り回される尻尾をかいくぐり、巨大な牙をかわし、再びのブレスをいなす。その間にも俺は脚に、腕に、尾に、胴体に剣を叩きつけた。しかしどの攻撃も、傷一つ与えることはない。恐らく火竜本人は痛みすら感じていないだろう。

「……何故だ？」

火竜がそう問うたのは、俺が火竜の心臓に剣を叩きつけた時だった。

「何故、我を剣の腹で叩く？　刃を当てれば、殺すことも可能であろうに」

そう。俺は、全ての攻撃を剣の腹で行っていた。文字通り、ただ鉄の塊を『叩きつけた』だけだ。

「そんなの決まってるだろ。君が、美女だからだ。あ、年齢的には美少女かな？」

一目見た瞬間、俺は火竜が凄まじい美少女であると気付いていた。勿論俺には獣姦の趣味なんてない。彼女が人間の姿を取れることもわかっている。

火竜は赤く光り輝くと、ゆっくりとその大きさを縮め、やがて目も眩まんばかりの美少女へと変化した。

人間で言うなら十六、七歳といったところだろうか。猫のような少し吊り目気味の瞳は金に輝き、人形のように整った面立ちはどこか気品を感じさせる。赤い髪は力強い意思を感じさせるかのように真っ直ぐ長く、腰まで伸びている。

肌は透き通るように白く、炎を編んで作ったかのような赤く美しいドレスに包まれていた。それを押し上げる二つの膨らみがやや寂しいのが少しばかり残念だ。

「妙なことを申すな、人間よ」

「妙ってことはないだろう。こんなに可愛い女の子を口説かない男がいたら見てみたいもんだ」

言いながら、俺は彼女に近づいた。半分は嘘だ。

どんなに稀少だろうと、男なんて見たいと思わない。

「ましてやこの滑らかな肌に傷なんてつけられるわけがない」

俺はそっと彼女の手を取った。火竜という割に彼女の白く細い指はひんやりとしていて気持ちがよい。

「……どうあれ、貴様が我を倒せるだけの力を持ち、かつ倒さぬことを示したは事実。なれば、我は古の盟約に従い、貴様の言うことを聞かねばならぬ」

ああ、よかった。ちゃんと合ってたらしい。竜を従わせる方法なんて随分前に酒の席かなんかで聞いたっきりで正直自信がなかったんだが。竜にこんな美女がいるってわかってりゃ、もうちょっと真面目に聞いてたんだけどな。

ともあれ、要求は勿論たった一つだ。

「ヤらせてくれ！」

「何をだ？」

火竜は不思議そうに首をかしげた。言葉の意味が通じなかったらしい。

「あー……そうだな。ベッドとかあるか？」

「うむ。人の姿を取って眠る時のものならあるぞ」

火竜の後について火山の奥に行くと、金銀財宝が積まれた部屋にベッドはあった。支柱も何もかもが金でできていて、やたらと豪華なベッドだ。まあ、ヤるのに豪華すぎて困るってことはないからいいか。

「ここの財宝を望むのか？」

「あー……まあ、ある意味一番の財宝を貰いたいかな」

俺は火竜をベッドに押し倒すと、やはり意味がわかっていない様子の彼女に問うた。

「そういえば、君の名前は？」

する前に名前くらいは聞いておきたいもんな。

「……ああ、そういうことか。我が名はフランマ・エスト・プロクシマだ」

「フランマ……フランか。俺は、自分の名前を知らないんだが……まあ、サーナって呼ばれてる」

「知らぬ？　真名がないのか？」

怪訝(けげん)そうに眉をひそめるフランに、俺は頷く。

「名前どころか、どこの生まれなのか、自分が何者なのかもよくわからないんだ。だからまあ、真名とかいうのは勘弁してくれ」

人には真実の名があり、それを知った相手には魂すら掌握される。古代にはそんな論説がまかり通ったらしいが、最近ではそんなことを気にする者はいない。

「ふぅむ……嘘をついている様子もないし、納得してやろう」

尊大に言い、フランはベッドに体重を預けた。

「さて……交尾するのだろう？」

うお。こんな美少女から交尾なんて言葉が出ると興奮するな。

「勿論だ」

俺は防具を外しながら答えた。

「ん？　この服どうやって脱がすんだ？」

フランの服を引っ張りながら俺は聞いた。構造が複雑というより、あまりにもフランの体型にぴっちりと合っていて脱がすことも着せることもできそうにない。ジッパーやボタンの類もない。どうなってんだこれ。

「この服は鱗を変化させた物ゆえ、脱ぐことはできぬ」

ということは着エロか！　うん。それもまたよし。などと思っていると、まるで空気に溶けるように服が消え去った。

「け、消したぞ……その、人間に人の姿を見せるのは初めてのことゆえ、おかしな点があるかもしれぬが……」

真っ白な肌を赤く染め、フランはそう言った。着エロの機会が失われたのは残念だが、目の前に広がる光景はそれを補って余りある。

絹のように白く滑らかな肌は染みも傷もなく肌理細やかで、それそのものが芸術品のようだった。慎ましやかなその胸は頂点にほんのりと色づいた桜色の花を咲かせ、なだらかな丘を形作っている。

そこからくだると、すべすべとした可愛らしい腹を経て、産毛一つないつるりと緩やかに盛り上がった土手。ヴィーナスの丘とはよく言ったものだ。そして、その奥にはぴっちりと閉じた秘裂が恥ずかしげに身を隠していた。

まるで幼い子供のようにひだのないその性器をそっと指で割り開くと、桃色の肉壁が俺を誘うかのようにひくひくと蠢（うごめ）いていた。

「やはり、変か……？」

フランが不安げに尋ね、俺ははっと我に返る。

「いや、あんまりにも綺麗なもんだから見蕩（みと）れてた」

「見蕩れるというか、喰われるかと思ったぞ……」

どうやら俺の目は捕食者のそれだったらしい。

まあ、勿論これから喰うわけだが。性的な意味でな！

3

俺はゆっくりと味わいながら、フランの首筋に舌を這わせた。ドラゴン、しかもこれほどの美少女を相手にするのは一生に一度あるかどうかだ。

「んん……っ」

甘く鼻を鳴らす彼女の胸を左手でやわやわと揉みながら、俺は唇を首筋から鎖骨、そして胸元へと移動させた。

「ふ……ぁあ……」

フランは素直に快楽を受け入れ、気持ちよさそうに目を細めた。

「ぁぁっ……」

指と舌で可愛らしい乳首を弾くと、フランは高く声を上げた。

「気持ちいいか？」

尋ねると、彼女はこくこくと頷く。いいね、素直な美少女は大好きだ。勿論、素直じゃない美少女もそれはそれで大好きだけどな。

俺はそのまま舌をフランのすべすべしたお腹に舌を這わせ、頬擦りしてその感触を存分に味わうと、恥丘をじっくりと舐め、とうとうお宝を秘めた洞穴へとやってきた。

ドラゴンは宝を蓄えて洞窟にいるものだが、こっちの洞窟はそれ自体がお宝というなにより素晴らしいものだ。俺は彼女の柔らかな太ももに顔を挟み込むと、そっとそのスリットに舌を差し入れた。

「んぁぁぁっ……！　サ、サーナ、交尾というのは舌をそこに入れるものなのか……⁉」

フランはどうやらあまり性知識もないらしい。戸惑ったようにそう尋ねた。

「いや、舌じゃなくてこれを入れるんだ」

俺はすっかり臨戦態勢を整えた自らの一物を彼女の目の前に差し出した。

「こ……こんなに太いのを、か……⁉」

「そうだ。よーく舐めてぬるぬるにしておかないと入らないから、こうして舐めているんだ」

「……なるほど……」

真剣な面持ちで、フランは頷いた。まあぬるぬるにすると言っても唾液で湿らせるわけじゃないんだが。

「ということは、サーナのこれも舐めて湿らせておいた方がいいのか？」

うん、この子天才じゃないかな。

「よく気付いたな。じゃあ、舐めてくれるか？」

「わかった」

生真面目にこくりと頷くフランに、俺はシックスナインの体勢で彼女の口元に一物を差し出した。

おずおずとフランは俺の物を握り締め、舌を伸ばしてぺろりと舐める。

「……変な味がするな」

先走りの露を舐め取り、フランはそう言った。

「ふむ……だがこれは……んむ……存外と、悪くない」

その味を気に入ったようで、フランは積極的に俺の物を舐めしゃぶる。

「歯は立てないでくれよ」

「んむ……ん、わかっておる。安心せよ」

大きく口を開け、舌を精一杯伸ばして奉仕する彼女のフェラを味わいながら、俺も彼女の股間に舌を這わせた。竜もこの姿なら汗をかくのか、そこは少ししっとりしていて僅かにしょっぱい味がする。

柔らかい太ももを擦り、尻肉を揉み上げながら俺は貪るようにフランのそこを愛撫した。

「んんっ……サーナ、そのように……はぁっ……激しく、しては……ぁ、こちらの準備が、できぬでは……ないかぁ……」

切なげに眉を寄せ、フランが文句を言った。いいね、快楽に身をよじる少女の切なげな表情というのは何度見ても実にいい。

「まあ、こっちもびしょびしょになったし、そろそろいいかな」

俺は身体を起こすと、後ろからフランの尻を抱えるようにし、愚息の先端を彼女の割れ目に押し付けた。

「いくぞ」

「ああ……んっ……く、あぁぁぁ……っ!!」

ややキツいものの、フランのそこは俺の肉槍をずっぷりと飲み込み、受け入れた。彼女は間違いなく処女だったはずだが、どうやら竜には処女膜はないみたいだ。出血もなければ抵抗もなく、彼女の秘部は俺の物を奥まで完全に飲み込んだ。

「これが……交尾か……」

「一人前の女になった気分はどうだい？」

感慨深げに呟く彼女に、俺は尋ねた。

「うむ……悪くはないな。さぁ、我をサーナのものにしてくれ」

竜の叡智というのは凄まじいものがあるな。フランの言葉は、俺の胸を貫いた。媚や誘い文句として言われるのも勿論好きだが、本心から『お前のものにしてくれ』なんて言われるのはなかなかクるものがある。

「ああ、俺なしじゃいられないくらい可愛がってやる」

俺はフランの身体を抱き上げると、背面座位の形で彼女の身体を俺の脚の上に乗せ、両手で後ろからその胸を鷲掴みにして突き上げた。

「んっ……ふ、んんっ、あ、ぅうん……」

快楽に身をよじり、耳まで赤くなる彼女のうなじをねっとりと舐め上げてやる。すると彼女は後ろを振り向き、物欲しげに俺へと舌を伸ばした。勿論俺はそれに応えて顔を寄せると、そのぽってりとした可愛らしい舌を存分に味わいながら膣奥をずんずんと突き上げる。

「んっ、あ、ぁ、あぁっ、ん、ふ、ん、ぁ、ん、あぁん……」

一突きごとに彼女の口からは嬌声が漏れ、きゅうきゅうと膣口が締まる。何も知らないでも自然と男を喜ばせるように身体ができてるんだから、女ってのはまったく不思議だ。

「出すぞ……フラン……！」

「あぁ……サーナ、サーナの子を……孕ませてくれ……！」

言われなくても、中以外に出すつもりはない。俺はたっぷりとフランの奥底へと精を注ぎ込んで

やった。……そういや、竜と人間のハーフってできるんだろうか？

「悪い、遅くなったな」

「……どういうことか説明してもらおうか」

その後三回ほどフランの中に注ぎ込み、戻るとリリィはたいそうご立腹だった。まあ、結構長いことほったらかしにしちゃったから仕方ない。

「いや、ドラゴンはやっぱりなかなかの強敵でな。一発で倒すことができずに、結局四発も……」

「そうじゃなくて、その女はなんなんだって聞いてるんだ！」

リリィは、俺の腕に両腕を絡めるフランを指差して言った。

「フランという。お主がリリィか」

尊大な口調で尋ねるフランに、リリィの瞳が剣呑な輝きを帯びた。

「ああ。サーナの妻の、リリィだ」

『妻の』を強調してリリィがそう答えると、フランは俺から離れてその本性を解き放ち、巨大な竜へと転じた。

「我はこの山に住んでおった竜。サーナに負け、真名を捧げて妻となった。よろしくな、先輩殿」

「な……」

リリィは目を見開いて絶句した。フランは、名前を聞いた＝真名を聞いた＝自分のものになれ…

…というのが望みだと誤解したらしい。まあ、これだけの美少女だ。ある意味願ったり叶ったりともいえる。

「ふ、ふざけるなっ！」

人の姿に戻ったフランに、リリィは叫んだ。いや、俺にか？

「妻は私だと言っているだろうがっ！」

「ふむ。しかし、サーナほどの雄に妻が一人というのもおかしかろう。本妻はお主、我は妾で構わんぞ」

フランがそう言うと、リリィはがっくりと肩を落とした。

「……そりゃ、妾を作ってもいいとは言ったが……まさか、新婚数日で作られるとは思ってもみなかったぞ……」

「そう言われてもな……リリィのことも、ちゃんと愛してるぞ」

リリィにキスしてやると、彼女は頬を赤らめて俺を睨み、「ずるい」と言って頬をぎゅうぎゅうと抓んだ。自覚はあるが、俺がリリィのことを愛しているのは本当だし、これぱっかりは納得してもらうしかない。

「まあ、いいけどな……どうせ私一人じゃサーナの相手はしきれないし。手加減してただろ？」

いじらしく俺を睨みながら、リリィはそう言った。どうもバレてたらしい。

「まあ、できれば最低でも毎日十回はしたいところだからな」

「ああ、一人でそんなの相手にしたら普通に死ぬ。……フランといったか。怒鳴ってすまない。これからよろしく頼む」

「うむ、気にするな。こちらこそよろしく頼むぞ、先輩殿」

リリィとフランはどうやら和解したようだった。うむ、いいことだ。

「しかし最初の妾が竜とは、流石サーナというか、なんというか……」

リリィは呆れ半分にボヤいた。

「そういや、竜と結婚ってできるのか？」

「できるわけないだろう」

当然と言わんばかりに、リリィは答える。

「そもそも我が国は一夫一妻だ。内縁の妻という形になる。一夫多妻制を採用している国もあるらしいが、竜との婚姻を認めている国となると聞いたことはないな」

「そうなのか……」

うーん。それはちょっとな。

「サーナ。別に我は人間の婚姻制度とやらに拘る気はないぞ？」

健気にそう言うフランの頭を俺は撫でてやる。

「……よし、じゃあ次は、竜と重婚できる国を探す旅に出るか」

「……本気……いや、正気か？」

口をぱっくりと開き、リリィはそう尋ねた。

「嫁を差別する気はないからな。それにどうせ、旅のついでだ」

当てもなくフラフラするよりは、多少なり目的があった方が張り合いも出るってもんだ。その旅の途中で美女に出会えればなおよし、だ。

「サーナは本当に面白い人間だな」

「……まあ、退屈だけはしないな」

フランがおかしそうにくすくすと笑い、開き直ったのかリリィも笑みを見せた。

登場人物紹介 CHARACTERS

無害な邪悪なる魔術師
「なんか暗いから嫌い」と女の子にフラれて以来、人間不信になった魔術師。支配系の呪文に造詣が深く、妖魔等を支配し魔物ハーレムを作ろうと企む。が、何故か彼が支配できるのはオーガやトロルなど、マッシブな人型の亜人ばかりで大分挫けそうになっている。

フラン
数百歳の火竜。竜としてはまだまだ若く、殆ど山に篭もっていた為世間知らず。『剣の腹で叩かれ、腹でなければ死んでいたと思った場合、相手の言うことを何か一つ聞かなければならない』というしきたりはあるが、恒久的に従わせるような約束は反故にすることができ、実は妻になる必要などまったくない。が、個人的にサーナを気に入ったのでその辺りを誤魔化して妻の座に収まったという策士な面もある。

サーナ

全力を出すと彼女を壊してしまう為リリィ一人では物足りなかったものの、嫁が増えて一安心。勿論各地で美女を漁るのもまったくやめる気はない。

偉業6　テレーズ湖の水霊救出

1

「湖が枯れた？」

「は、ぁ……いっ、そう、な、ぁぁん……で、す……っ」

　カウンターに自分の身体を預け、後ろから突かれて頬を紅潮させて言うヴァネッサの泉は、言葉とは裏腹にしとどに濡れ、溢れていた。

「全然そうは見えないけどな」

「ち、が、あぁぁ！　そこ、じゃ、なくてぇぇ！」

　わざとちゅぷちゅぷと音を立てて出し入れすると、ヴァネッサは可愛い声で鳴いた。

「君は何をやっているんだ……」

「流石は我が夫。今日もお盛んだな」

　呆れた声とくすくすと笑う声に目を向けると、宿の入り口にリリィとフランが並んで立っていた。

　フランはいつもの赤い服ではなく、普通の村娘が着るような衣装を身に纏（まと）っている。鱗を変化させたドレスはあまりに目立つので、リリィと買いに行かせたのだ。

「おかえり、二人とも。フラン、その服よく似合ってるぜ」

「そうか？　リリィが選んでくれたのだが、人間の服というのもなかなか悪くないな」

フランはくるりと回ってみせた。ワンピースタイプのスカートがふわりと舞い、彼女の白い太ももが露出する。下着は見えそうで見えない。ううむ、実に素晴らしい。

「フランもなにを暢気(のんき)に……はあ、もういい」

リリィはため息をつき、階段を上がろうとする。フランと会話している間も、俺の腰はヴァネッサの子宮をこつこつと突き上げることに余念がなかった。それに呆れてしまったのだろう、俺は反省して彼女に声をかけた。

「リリィ、すまん。配慮が足りなかった」

リリィは振り返り、俺の顔を見て何か期待するような目を向けた。

「四人でしようか」

鉄でできた篭手が飛んできて、正確に俺の顔面に直撃した。


「……それでまあ、湖が干上がった原因を調べに行くことになった」

「それはいいのだが……大丈夫か？」

大丈夫なわけないだろ、普通にいてえよ。俺はフランと並んで街道を歩きながら、心の中でそう呟いた。流石に鉄でできた篭手がまともに当たれば俺だって痛い。だがまあ、女の怒りは広い心で受け止めてやるのが男の甲斐性ってもんだ。

「どうってことねぇよ、このくらい」

俺は笑って言った。リリィは不機嫌そうな足取りで、俺達の少し前を歩いている。俺はフランに小声で尋ねた。

「なんで怒ってるんだと思う？」

「我は人間の心の機微はよくわからん。が、嫉妬ではないのか？」

うーん、まあ、普通に考えりゃそうだよな。だが、リリィは俺が他の女に手を出したくらいで怒るような女じゃないと思うんだけどなあ……

そもそも彼女の妹にも手を出してるし、立ち寄る村でも彼女の前で何度も他の女を抱いている。毎回呆れつつも、許容してくれていたはずなんだが。

まあ、女がよくわからん理由で機嫌を損ねるのはいつものことだ。結局、男である俺には本当のところは理解できない。俺は深く考えるのをやめ、しばらくほとぼりが冷めるのを待つことにした。

「おーい、リリィ。あんまり一人で先に進むと危ないぞー」

声が聞こえているのかいないのか、リリィはそのままずんずんと進み続ける。俺はため息をついて、軽く駆けて蹴りを入れた。

「囲まれてるからさ」

地面から立ち上るように出てきた水妖を蹴り飛ばし、俺はリリィにそう言った。周囲で次々に水妖が揺らめき、俺達を取り囲んだ。

「なんだ、こいつらは⁉」

水妖は、ゼリーで人形を作ったみたいな雑な造形の化け物どもだ。

「水妖だ。リリィ、俺の後ろに隠れてろ」

大きく広がり、カーテンのようにこっちを巻き込もうとするそれを殴り飛ばしながら俺は答えた。

大して強くはないんだが、こいつはちょっと厄介な相手だ。

「断る。サーナに守られる気はない！」

リリィはそう叫ぶと、剣を抜いて水妖達に挑みかかった。

「おい、リリィ……！　ちっ、邪魔だッ！」

リリィの背を追いかけようとする俺の行く手を、水妖達が大挙して遮る。引っつかみ投げ飛ばすが、次から次へと湧いて出てくる水妖達に阻まれ俺は身動きが取れなくなった。

少し先で、リリィは剣を振るい水妖を真っ二つに斬り飛ばす。しかし、それじゃあ水妖は倒せない。こいつらは見た目通り殆ど水の塊みたいなもんで、斬っても突いても傷一つつかない。

剣を搦め捕られ、両手足を水妖に拘束されるリリィ。おお、エロエロだ！

……なんて、言ってる場合じゃねぇな、これは。

「フラン、火だ！」

「わかった。威力は？」

後ろを振り返ると、フランは全身に水妖を絡ませながらも気にした様子もなく平然としていた。

俺はすうと息を吸い込む彼女に叫んだ。

「全力だ、こっちはなんとかする！」

「心得た」

直後、凄まじい炎が辺りを覆い尽くした。流石は岩さえ溶かす火竜の吐息だ。水妖達は瞬く間に蒸発し、掻き消えた。その中で俺はなんとかリリィを助け出し、彼女を熱から守る。

「いくぞ！」

俺はリリィを抱きかかえ、フランに声をかけた。一見全ての水妖が消えたように見えるが、これは一時凌ぎに過ぎない。その証拠に、炎の範囲から少し離れた場所には新手の水妖が出現し、てぐすねを引いている。

俺はリリィを抱えたまま水妖達を蹴り付け踏み越えると、服の隙間から翼を生やし空を飛ぶフランと共にひたすらに走った。


「……ひとまずは逃げ切ったみたいだな」

流石に荒く息をしながら、俺は周りの気配を探った。人ひとり、それも完全武装した戦士を抱えて全力で走るのはなかなかにしんどい。

「しかし水妖を殴り蹴り飛ばすとは、つくづくサーナは常識外れな男だな」

「火竜に言われたくはないけどな」

竜なんて存在そのものが反則みたいなもんじゃねぇか。

「大丈夫か、リリィ」

俺はリリィを地面に降ろし、尋ねた。傷はないようだが、彼女はぐったりとして一言も声を発さなかった。

「……か？」

「うん？」

何事か呟く彼女の顔を覗き込むと、リリィはその瞳一杯に涙を浮かべていた。

「私は、君にとってのなんなのだ、サーナ！」

「え、いや、最愛の妻だけど？」

俺はびっくりして思わずそう答えた。すると、リリィは逆に驚いたように目を見開いた。なんなんだ、一体。

「ふむ。もしかして、リリィは自分を役立たずだと思っておるのか？」

「実際、そうだろう！」

フランの言葉に、リリィは叫んだ。

「サーナもフランも、私の手など必要ない。……いや、それどころか足手纏いにしかなっていないじゃないか……」

うーん……そんなことを気にしていたのか。可愛い奴だ。

「それは違うぞ、リリィ。俺にだってできないことはある。身体は一つしかないし、腕は二本しかないのは、同じなんだ」

俺は真剣な表情で、言った。

「だから同時におっぱいは二つしか揉めない」

直後、顔に激痛が走る。凄まじい速度で、リリィが鞘に入ったままの剣を叩きつけたからだ。

「我には人間の心の機微はよくわからん。……が、今のは流石に不味かったのではないか？」

走り去っていくリリィを見ながら、フランはそう俺に尋ねた。うーむ、場を和ませようと思ったのだが、生真面目なリリィには逆効果だったようだ。

「まったく、何が役立たずだよ」

俺は叩きつけられた剣を顔から退けながら呟いた。今のは結構本気で避けられなかったぞ、くそ。

「サーナよ。人間には『まぞ』という性癖を持った者がおると聞く」

誰だンなこと教えた奴は。フランは生真面目な表情で俺に尋ねた。

「お主はそれなのか？」

「なわけねぇだろ！」

どっちかっていうと苛める方が好きだ。

「では何故、殴られて笑っておるのだ？」

そう言われ、俺はようやく自分の頬が緩んでいるのに気付いた。……ああ。多分俺は、嬉しかったんだろう。未熟ながらも、リリィが俺と並び立ち、共に戦いたいと思ってくれたことが。

「女の我侭を聞くのは、男の甲斐性だからな」

「ふむ。……我も、お主を踏んだりした方がよいのか？」

「それは勘弁してくれ。竜の姿でやられたら重くて死ぬ」

俺はぺちぺちとフランに背中を叩かれながら、リリィを追いかけた。

2

「おー、やってるな」

腕に噛み付くフランをぶら下げながら、俺はすぐにリリィに追いついた。彼女は水妖に囲まれながらも、先ほどの戦いで立ち回り方を学んだらしく取り込まれることなく戦っていた。剣も持たず徒手空拳での戦いだが、どっちにしろ剣なんて効かないんだからむしろ身軽でいいだろう。

折角なので、俺は少し離れたところで見守ることにした。

「助けないでいいのか？」

「ああ。まあしばらく様子を見てみよう」

水妖は炎以外殆どの攻撃を受け付けないが、代わりに大した攻撃能力も持ってない。訓練にはちようどいいだろう。

「湖が干上がったというのはやはりあの水妖が原因なのか？」

フランは俺の横に腰掛けると、リリィの苦闘を遠くから眺めながら尋ねた。

「うーん、無関係じゃないとは思うんだけどな。水霊も水妖も本質的には大差ない。水妖が湖を乗っ取ったとして、干上がるっていうのはいまいちわかんねぇんだよなぁ」

よくよく見てみれば、この辺りはかつて湖だった場所らしい。地面は完全に乾燥してひび割れ、そこかしこに水草や魚だったものの名残が見て取れた。見事なまでにカラッカラに干上がっている。

「水霊と水妖はどのように違うのだ？」

「水霊は可愛い女の子で、水妖はあんな感じのバケモン」

俺は水妖を指差してきっぱりと言った。

「……それだけ？」

「だけじゃないけどな。それ以外に重要なことはないぞ」

まあ、水霊の方が比較的人間に友好的だとか、水妖は個体という概念がなく根っこで大体繋がってるとか、細かい違いはあるけど、大した差じゃないしな。最重要な部分だけ、俺は伝えた。

「もしや湖の調査などという話を引き受けたのもそれが目的か」

「おう。上手くいけば水霊とセックスできるし、上手くいってもいかなくても報酬としてヴァネッサを抱けることになってる」

一石二鳥という奴だな。ついでにリリィの訓練にもなって三鳥だ。

「そこの辺りがわからんのだが」

小首をかしげ、フランは真面目な様子で聞いた。彼女のように可愛らしい子がこういう仕草をすると本当に可愛いな。俺はこの場でフランを押し倒すのを我慢するのに膨大な精神力を使った。偉いなー俺。

「ヴァネッサというのはあの宿屋の娘だろう？　サーナならばわざわざそのような面倒なことをしなくとも、幾らでも抱けるだろうに」

「ありがとう、お礼に抱いてください！　なーんて言われるのがいいんじゃねえか」

「……そういうものなのか」

腑に落ちないのか、微妙な表情をしてフランは呟いた。人間に見えてもやっぱり竜だけあって、その辺の感性は人とは違うらしいな。

「ところで、アレは放っておいていいのか？」

「おっと」

フランが指差す先を見ると、リリィがちょうど蹴りを入れた水妖に足を取られて取り込まれているところだった。俺はひょいと腕を伸ばして彼女の首根っこを引っつかむと、水妖達の中から彼女を救出する。

「……今、腕が物凄く伸びなかったか？」

「気のせいだ」

「だが、ここから水妖の傍まで三十フィートは……」

「だから気のせいだってば。大丈夫か、リリィ」

　三十フィートっつーと、大体十メートルくらいか？　手を伸ばしたんじゃなくて空間を縮めたんだが、説明が面倒なので俺は気のせいで押し通した。

「私一人では、あんな魔物にすら勝てないのか……」

　手を貸して起こしてやると、リリィは酷く落ち込んだ様子でそう呟いた。

「善戦してたじゃないか。あそこまで戦える奴はそんなにいないと思うぞ？」

「慰めはよしてくれ」

　本心から俺が言うと、リリィは沈鬱に首を振った。

「あんな子供のラクガキみたいな魔物にすら手も足も出ないなんて、私は自分が情けない。恥ずかしい。これでも剣の腕には多少の自信があった。だが、私は井の中の蛙だった……サーナはおろか、フランにも遠く及ばない」

　俺とフランは思わずお互い顔を見合わせた。確かに彼女は世間というものを知らないようだ。

「なあ、リリィよ……我は一応、この地上で最強と呼ばれる竜種、中でも最も強大と言われる火竜なのだが」

「……でも、人間のサーナよりは弱いんだろう？」

「サーナは例外中の例外だっ！　こんな人間がそうそういてたまるか……というか、本当に人間なのか？」

　フランは俺に疑いの目を向けた。

「そうだとは思うが、確証はないな」

　親の顔も知らないしな。

「じゃあ、水妖を投げ飛ばしたり踏み潰したりは」

「できるわけなかろう。どうやっておるのか我の方が教えて欲しいくらいだ」

　竜の矜持に傷がついたのか、フランは憮然とした表情で答えた。

「流石に見込みもない足手纏いを連れて歩いたりはしねぇよ。だからさっきとかこの前みたいに、訓練積んでるんじゃないか。俺が保証してやる。リリィは強くなる」

「サーナ……」

　瞳を潤ませ、リリィは祈るように両手を組んで俺を見た。そんな彼女に俺はにっこりと微笑んでやり、剣を渡す。

「ちなみにコイツは剣で斬れるからな、頑張れよ」

「え？」

　疑問符を浮かべるリリィをよそに、俺は地面に手をつくと地中に身を隠しているそれを引っこ抜いた。

「流石に……重い、なッ‼」

　そのままの勢いで後ろに向かって放り投げる。『それ』……水妖の本体は、轟音を立てて干からびた湖底の上にその巨体を現した。

「ったく、ちょっとはダイエットしろよ」

　まるでイソギンチャクのような形の、半透明のゼリーっぽいモノ。それが、水妖の本体だった。大きさは竜になったフランと同じくらいだろうか。触手のように身体から伸びているのが、さっきまでリリィが戦っていた水妖だ。

「な……」

　リリィは剣を手にしたまま水妖を見上げ、あんぐりと口を開けた。

「ほら、強くなるんだろ？　頑張ってきな」

「……ふ……ふふ……やってやる、こん畜生ー！」

　仮にも一国の姫君には相応しくない言葉遣いで、半ば自棄になりながらリリィは剣を抜き、水妖に向かって駆けていった。

「リリィは勝てると思うか？」

「んー、まあ、五分五分ってトコじゃないか」

　適当に言う俺に、フランはふむと唸った。

「手を貸しても？」

「人間の範囲内でな」

「心得た」

軽い足音を響かせ、フランはリリィの背を追った。竜は人より古く賢い種族だ。生来持ち合わせたブレスや肉体を使って戦う方が強いので滅多に使うことはないが、当然魔術の類も人並みかそれ以上に使える。

「先輩殿よ、後輩として手を貸そう。竜ではなく人の魔術師として、だがな」

「……恩に着る！」

瞬時にフランの意図を理解し、リリィは言って己に伸びる触手を斬り飛ばした。狙うは、本体の中心にある赤い不定形の核だということは彼女も理解しているようだった。

フランが俺も知らないような古い言葉で呪文を諳んじ、赤い炎を波立たせた。押し寄せる炎は水妖の表面を焼き焦がし蒸発させるが、すぐさま消されてしまう。

「リリィ！」

「ああっ！」

しかし、俺の妻達にはその一瞬で十分だった。リリィは段差のできた水妖の表面に足をかけると、高く跳躍する。……水よりよほど粘度は高いとはいえ、あの表面を駆け跳ぶなんてのも十分人間離れしてるってことに、彼女は気付いていているんだろうか？

……気付いてねぇんだろうなあ。

赤く光る核を両断し、溢れかえる水の中こちらを振り返って笑う彼女に、俺はそう思った。

「……結局、何が原因なんだ？」

崩れた水妖の身体で濡れてびちょびちょになった姿で、リリィは尋ねた。薄手の服なら嬉しいところだが、残念ながら彼女は鎧を着込んでいるので嬉し恥ずかしスケスケ状態とはならない。残念だ。

「……何者かによる封印、だな」

水妖は直接の原因ではなく、むしろ封印を施した者によって配置された護衛のようなものだ。水妖を倒しても、湖が元に戻らないのがその証拠。俺は足首くらいまである水溜まりの底に手をつき、目を閉じて魔力の流れを探った。

水妖が覆い尽くしていたその先に、封印は巧妙に隠されていた。俺はそれを解く為に、更に集中を深める。そこに涼やかな声が響いた。

「その封印を解かれると、困るのよね」

「サーナッ！」

リリィの悲愴な悲鳴に目を開けると、目の前に鋭利な鎌が迫っていた。封印を見つけるのに集中しすぎた。一瞬前まで俺に気配を感じさせることすらなく迫ったその刃は、気付いた時にはもはや避けることも受けることもできない位置まで来ていた。

鎌は殆ど抵抗もなく振り抜かれ、宙を舞うそれにフランが息を飲む。

「サーナ……」

そして、呆れたように言った。

「お主の身体はなんでできておるのだ」

鎌の刃は中ほどからぽっきりと折れ宙を舞い、地面に突き刺さっていた。

「飽くなき美女への情熱と愛かな」

俺は軽口を叩きつつも、鎌を振った女へと目をやった。黒い髪に褐色の肌、頭に生えたヤギのような角。どう見ても人間でないことは明らかだ。

「な、なんで死なないの⁉」

女は折れた鎌を呆然と見て叫んだ。

俺としたことが油断してた。斬りつけられたのが俺だったからよかったものの、リリィやフランだったら彼女達の珠の肌に傷がつくところだったじゃねえか。幾ら美女とはいえ、ちょっとばかりこれは許せん。

俺の殺気に気付いたのか、黒髪の女は呪文を紡ぎ、転移する。

「一体なんなのアイツは……主様に報告しないと」

遠く離れた場所で息をつき、彼女はそう呟いた。その腕を、俺はぎゅっと握り締める。

「！？？？」

まるで驚いた猫のようにぶわっと髪を逆立てる彼女に、俺は獰猛な笑みを浮かべて言った。

「さて、お仕置きの時間だ」

3

「な、なんでついてこれてるの⁉」

「女の尻を追う……俺はそれに、人生を懸けてるからだ」

黒髪の女はまるで馬鹿を見るかのような目で俺を見た。男のロマンって奴は女には理解できないらしい。

「あんた、何者……？」

「さあな」

いつものように俺は答えた。それが自分自身であろうと、男になんか興味はない。

「サーナ……」

彼女は憎しみの篭もった目で俺を睨んで呟いた。またなんか勝手に名前を勘違いされてるみたいだが、まあいい。どうせそれ以外に名前らしい名前もないしな。

「というか、お前こそ何者なんだ？」

両腕を拘束しながら尋ねると、彼女は視線を逸らした。答える気はないらしい。見た目からして悪魔なんだろうが。

「まあいいや。そんなことより」

俺は魔力で編んだ紐を作り出すと、黒髪の女の両手を縛り上げた。これで抵抗も転移もできない。

黒髪の女は……うーん、なんか呼びにくいな。

「おい、お前名前は？」

尋ねるが返事はない。完全に黙秘を貫くつもりらしい。んじゃあ適当につけるか。

「じゃあとりあえず黒おっぱいと呼ぶことにして」

「ラニアーデ！」

俺のネーミングセンスが気に入らなかったらしく、彼女は眉を吊り上げて叫んだ。

「んじゃあ、ラニだな」

「気安く呼ぶなぁ！」

ラニはホットパンツにタンクトップという、なんとも嬉しい格好をしていた。

「ちょっと、聞いてるの⁉　この縄を解いてよ！」

というか、これ誘ってるんじゃないか？　タンクトップの丈は短く、へそどころか下乳がちらりと見えているし、ホットパンツからはむっちりとした健康的な太ももが伸びている。

勝気そうな顔付きとショートヘアの髪はまるで少年のようでありながら、その胸と尻は大いにその存在感を主張して、アンバランスな色気を醸し出していた。

……うん、間違いない。これは誘っているに違いない。まあそうでなくてもどっちにしろ襲うけどな！

「ねえ、黙ってないで答えてってば……さっきからなんか、目が怖いんだけど……」

気付くとラニの態度は随分気弱になっていた。おっと、いけない。美女を無闇に怖がらせるとは俺としたことが。

「悪い悪い、で、なんだっけ？」

「あ、だから、この縄を……ひやぁっ⁉」

ほっとした表情で答えるラニのタンクトップの下に手を突っ込むと、俺は胸を揉みしだいた。うむ、なかなかのボリュームだ。大きすぎず小さすぎず、ほんの少し手に余る大きさ。肌は手に吸い付くようにもっちりとしていて、張りを持ちながらも柔らかく手の中でまるで溶けでもしているかのように形を変える。

「十点満点！」

「何が⁉」

ラニは涙目で叫んだ。

「ていうか何してんのよ！」

「おっぱいを揉んでるに決まってるだろうが！」

その間も胸を揉みしだく手を一瞬たりと止めることなく、俺は叫んだ。その声にラニはびくりとして言葉を失う。

一見、俺は欲望の赴くままに乳を揉んでいるように見えるかもしれない。しかし、それは重大な誤りだ。俺は己の技能を尽くし、全身全霊を傾け全力で乳を揉んでいるのだ。

勿論、それは全握力を込めているという意味ではない。むしろ俺の手のひらはボウルに割りいれた卵の黄身すら潰さぬほどの優しい手つきで、ラニの胸を愛撫していた。

その柔らかさを存分に堪能しつつ、かつ相手にも最高の快楽を与える。大きい胸、小さい胸、柔らかい胸、硬い胸。女の乳房は人それぞれだ。そしてそのそれぞれに最も適した揉み方をしなければならない。それはもはや、一つの戦いだった。

「んっ、う……」

そして、俺はその戦いに勝利した。ぎゅっと目を閉じ、歯を食いしばりながら、彼女は甘い息を漏らした。その乳首は硬く尖り、淫らに突き出している。俺はタンクトップをずり上げると、その先端にむしゃぶりついた。

「あぁっ！」

ついに我慢できず、ラニは高く声を上げた。初戦は俺の勝利。しかし、戦いはこれで終わったわけではない。

「ちょっ……だめぇ……っ」

ラニの右胸を舌で転がし、もう片方を右手で優しく揉みながら俺は左手で彼女のホットパンツを下ろし、下着の上からそのスリットを撫でた。ちなみに俺は両利きで、左右どちらでも変わらない精度で愛撫することができる。

「んん……っ」

そこは既に随分湿り気を帯び、しっとりとしていた。

「胸だけでこんなに感じるとは、いやらしいな」

「そんな、こと、ない……！」

下着をずらして敏感なところを指で擦ると、彼女は素直に反応し声を上ずらせた。流石、欲望に忠実な悪魔だけあってなかなか身体はこなれているらしい。

俺は彼女のパンツを完全に脱がし、脚を広げさせると暴れる脚を押さえつけつつその桃尻を鷲掴みにし、トロトロに蜜を溢れさせた泉に口をつけた。

「やっ、そん、な、トコッ、舐め、ない、でぇっ！」

悪魔の秘部というのは初めて見るが、見たところ人間の物とそう大差なかった。汗とかはかかないのか舐めてみても無味無臭なのが少し物足りなく感じるが、代わりに膣口に舌をねじいれ愛撫してやると面白いくらいに愛液が溢れ出てきた。

「舐めると気持ちよくなっちゃうから？」

「馬鹿な、こと、を……いわ、ない、で、よぉっ！」

ラニははあはぁと荒く息をしながら、顔を真っ赤にして声を上げた。うんうん、そうやって強がってる女を善がらせるのが一番楽しいんだよな。果たして彼女はどこまで耐えられるか楽しみだ。

俺は中指をすっかり濡れそぼった彼女の中に差し入れた。そしてゆっくりと突き入れながら、指先で繊細に中の感触を確かめる。

「この辺かな？」

「あああぁぁぁぁぁぁぁぁぁっ!!」

くいと膣内で指を曲げると、ラニは背筋を反らして叫んだ。膣口がきゅうっと窄まり、俺の指をぎゅうぎゅうと締め付けた。いわゆるGスポットという奴だ。悪魔にもちゃんと存在しているらしい。

「ここはよだれをだらだら流して喜んでるぜ？」

「そん、な、こと、ないもん……っ！」

もんって。大分余裕をなくしているのか、ラニの口調はどこか幼い感じになっている。しかしそれでもいちいち返事をする辺りが俺の嗜虐心に火をつけた。

「そろそろコレが欲しいんじゃないか？」

ズボンを下ろし、俺ははち切れんばかりに怒張した物を取り出した。

「そんなの、欲しいわけないでしょ……！」

ラニは嫌悪に顔をしかめ、吐き捨てるように言った。しかし、言葉とは裏腹に彼女の身体は熱く火照り、秘所は潤みを帯びて蕩けきっている。

俺は彼女の両手を縛る縄をぐいと引っ張りその上半身を地面に押し付けると、尻だけを突き出すような体勢で腰から下を持ち上げた。

「い、いや……やめて！」

俺は少し考えて、尋ねた。

「じゃあ言え。水霊を封印して、水妖なんか放っていたのはなんでだ？　お前を遣わせたのは？」

「それは……」

ラニは言いよどんだ。大方、その辺は口止めされてるんだろう。しかし言いよどむってことは契約とかで縛られてるんじゃないな、これは。どんな理由かはわからないが、自分自身の意思で言わないと決めている。そんな感じだ。

「言えないなら、身体に聞くしかないなぁ」

俺はわざと下卑た笑みを浮かべ、彼女の膣口に我が相棒を押し当てた。

「待って！　言う、言うから……」

焦る彼女の姿を見て、俺はちょっといいことを思いついた。久々にちゃんとした魔術でも使ってみるか。

「『悪徳を避ける愚か者、逃げゆく先もまた悪徳』……よし、いいぞ、言ってみな」

俺は呪文を一節唱えると、ラニの頭にぽんと手を置いた。

「水を干上がらせて、人間を乾き殺す為に……」

話すラニの口からは、まるで寒い時のように白い吐息が舞い上がった。それを見て彼女は目を見開く。

「嘘をついても無駄だ。本当のことを話さないと、お前の吐息は白く濁る。本当のことを話せよ」

ぐっと歯を食いしばり、ラニは俺を睨んで言った。

「……犯せば、いいでしょ……！」

うん、その言葉が聞きたかった。

「じゃあ、そうさせてもらおう」

俺はラニの尻を掴むと、ぐっと奥まで突き入れた。うおっ、なんだこの感触！　その中はたっぷりと潤み、まるで別の生き物のようにうごうごと蠢いて俺の物を包み込んだ。しっとりと吸い付くように締まる膣内は今まで抱いてきた女達の中でも一、二を争う名器だ。

悪魔の女ってのは皆こうなのか？

「どんなに犯されようと、口を割ることはないから、さっさと諦めなさい……！」

後ろからズボズボと犯されながら言うラニの口元からは、今度は白い息は出てこない。実際どうかは別として、今の彼女は本気でその覚悟を持って言っているということだろう。

「じゃあ、それが本当かどうか試させてもらうぜ」

俺はぐいっと縄を引っ張りあげながら、夢中になって彼女に突き込んだ。縄を引っ張る度にラニの膣口はきゅうきゅうと俺の物を締め上げ、精を搾り取ろうとする。なんてエロエロなま○こなん

だ。

「縄で縛られて無理やり犯されて、喜んでるのか？　ここからたっぷりよだれ垂らしてじゅぷじゅぷ音を立てて咥え込んでるぞ」

「そんな、ことない……！」

否定するラニの口から、白い息が漏れる。

「それも嘘みたいだな」

意地悪く言う俺に、ラニは愕然とした表情を浮かべた。

「嘘をついても無駄だって言ったろ？　ほら、認めろよ。お前は縛られて強姦されて感じてる淫乱な女悪魔だって。気持ちよくなってるだろ？」

「気持ち、よく……なん、て、ない……！」

呻くように答えるラニの口からはやはり白い吐息が漏れた。

「ほら、また嘘だ。お前の身体がなによりわかってるんだ。お前が淫乱な変態悪魔だってことをな」

「そん、なぁ……！」

ラニは泣きそうな声を上げた。ちなみに、冷静になればわかるだろうが俺は質問に単純な事実や今の状況なんかを織り交ぜている。

俺が彼女にかけた魔術は全てが嘘だった場合じゃなく、言葉のどこか一箇所でも嘘があった場合に反応するものだから、一纏めに否定すれば嘘と判定されるのは当たり前のことだ。

しかし、そこんところを誤解させてやると、次第に自分でも実際はそうなんじゃないかって気になってくるのが面白いところだ。意外と人間、自分のことはわからないもんだからな。まあラニは悪魔だけど。

「安心しな、ドMの淫乱変態悪魔でも、もっと気持ちよくしてやる。そうなりゃ事情を無理に聞いたりしないからな。ほら、犯して欲しいって言ってみろ」

「犯して、ほしく、なんか、ないぃっ……！」

そうして吐き出された白い息に、ラニは愕然とした。

「あ、ああ、あああぁ……」

「わかっただろ？　お前の本心はこう望んでるんだ。……もっと犯して欲しいって」

犯されなきゃ事情を話さなきゃいけないんだから、選ぶなら前者なのは本当だ。しかし、ラニ自身はそんなことを意識して言ったわけじゃないだろう。魔術の感度をかなり上げているから、このくらいの会話でも反応するだけだ。

これじゃあ感度が高すぎて尋問には使えないが、物は使いようってことだな。

「そら、試しに言ってみな。もっと犯して欲しいって。嘘なら白く息が出るだろ」

「……もっと犯して、欲しい……」

ラニは、囁くようにそう言った。しかし今度は息は白くならない。

当然だ。今魔術切ったんだからな。だがラニからすると、そうは感じないだろう。

「ほらな。……素直になれよ。気持ちいいだろ?」

とうとう、ラニはこくりと頷いた。

4

「騙したでしょ!」

事が済んで、数分。服を着直した俺に、股間から白い液体を流しながらラニはそう叫んだ。

「……まあ、そうかな?」

俺は素直に答えた。

快楽で思考能力が落ちてる時はあんな論法でも騙されるが、落ち着いて考えてみれば俺の言ってたことがおかしいのは明白だからな。

「でも気持ちよかったのは本当だろ?」

俺がそう言うとラニは顔を真っ赤にして俺を睨んだ。……これは惚れられたかな。

「……犯したんだから縄、解きなさいよ!」

「おっと、そうだったな」

縛られたまま秘部から精液を流して転がる姿があんまりエロいんで忘れてた。ラニの手を拘束している縄を解いてやると、彼女は一瞬意外そうに目を見開いた。

「ん、どした？」

「……次、会ったら絶対殺す！」

ラニは翼を広げ宙に舞い上がると、そう叫んで虚空に消えた。実に熱烈なラブコールだ。

俺はぐっと身体をほぐすと、リリィ達のもとへと戻った。

「おや、サーナ。思ったより早かったな」

彼女達は暢気に火を焚き、食事をしているところだった。

「なんだ、ちょっとは心配したりしなかったのか？」

「何故だ？」

フランは真顔で尋ねた。

「どうせあの悪魔ともいやらしいことをしてきたんだろう」

フンと鼻を鳴らしリリィが軽く俺を睨むので、俺は彼女を抱き寄せた。

「今晩お前には倍くらいいやらしいことをしてやるから機嫌直せよ」

「う、うん。絶対だぞ」

思っていたほど機嫌を損ねていたわけではないらしい。というか、もしかして俺今騙されたのか？

まあ、こんな可愛いはかりごとなら大歓迎だけど。

「で、結局奴はなんだったのだ？」

「さあ？」

首を捻る俺に、リリィは沈痛な表情を浮かべた。

「まさか、本当にいやらしいことをしてきただけなの？」

「そういやそうだな」

そんなことすっかり忘れてたな。だからラニも逃がす時変な顔してたのか。まあ、セックスさせてくれたら聞かないって約束だったから別にいいんだけど。

「君という奴は……」

「流石はサーナだな」

眉間の辺りをぐりぐりと押してため息をつくリリィ。フランはそれと対照的にころころとおかしそうに笑った。

「まあいいさ。さっさと封印といちまおう。多分水出るから気をつけろよ」

「む、それはちょっと困るな」

フランは小さな赤い鳥の姿に変身すると、俺の頭の上に留まった。竜が変身できるのは何も人間の姿に限ったことじゃない。生き物なら大概のものに変化できるらしい。

「リリィ、お前も」

「い、いや、私はいいよ」

俺が手を差し伸べるとリリィは恥ずかしそうにそう言った。今更なに照れてんだコイツ、くそ可愛いな。

「でもお前沈むぞ？」

そう言った途端、蹴りが入った。うん、今のは俺が悪いな。

「いや、鎧がな？　お前自体は軽いって。いや本当に」

「煩いっ！」

蹴った足をひょいと持ち上げ、俺は彼女を肩に担いだ。

「う、わっ」

「おい、暴れるなよ。俺の頭に捕まってな」

「う、うん」

担ぎ上げると途端にしおらしくなる。俺は両頬で彼女の太ももの すべすべした感触を楽しみながら地面に手をついた。封印の位置はさっき確認したから、あとは簡単だ。水霊の周りを囲っている封印を破ってやればいい。

どうせ破るんなら処女膜にしたいもんだな、とか思いながら、俺は封印を破った。思っていたより結構硬い。これをラニがかけたんなら、大したもんだ。

封印を破った瞬間、物凄い勢いで湖底から大量の水が溢れた。まるでリリィの潮吹きみたいだ。

「変なことを言うなっ！」

口に出ていたらしく、リリィがぽかりと俺の頭を殴った。さっきの蹴りに比べれば幾分優しい攻撃だ。

「やはりサーナは殴られるのが好きなのか？」

「断じて違う」

真剣な声色で尋ねるフランに俺は即座に否定を返した。リリィをからかうのが楽しいのであって、断じて被虐趣味なんてない。

水かさはどんどん増し、どういった原理なのか干からびた湖底でしなびていた水草や魚達まで一緒に復活していく。適当な作りしてんだなこいつら。

「サーナ、どうやって水の上に立ってるんだ？」

それを水の上に立ちながら眺める俺に、リリィが尋ねた。

「気合」

「……そうか」

え、納得すんのか。まあいいけど。

そうして二人を肩と頭に乗せたまましばらく待っているとにわかに水面が光り輝き、水霊が姿を現した。水をそのまま人型に固めたような、透き通った姿を持つ女の姿だ。当然、服なんか着ちゃいない。

……うーん。巨乳なのはいいんだが、恥ずかしげもなく全裸だといまいちエロさが足りないな。透明なせいもあるかもしれないが。

「あの、どうして胸をー……？」

とりあえず両手でそのおっぱいを鷲掴みにして揉みしだく俺に、水霊は困惑したように尋ねた。

「気にするな」

「わかりました。……助けてくれて、ありがとうございます」

胸を揉まれながら、水霊はにっこりと微笑んだ。素直すぎてちょっとだけ良心が咎めたぜ。まあ胸揉むのはやめないけど。

「どうして封印されてたんだ？」

「さあ……なんででしょう？」

首をかしげ、水霊は聞き返した。まあ、いちいちこれから封印するって相手に説明したりはしないだろうしなあ。

「ともかく、お礼にわたしの加護を……」

「そんなのはいいから、ヤらせてくれ」

「何をですか？」

こてん、と水霊は先ほどとは逆方向に首をかしげた。

「そりゃ、勿論セックスを！」

「せっくすって、なんですか？」

純真無垢すぎる。まあ、水霊には子供どころか、性別すらないから仕方ない。人間の女の形を取ってはいるけど、それは単に人の女に存在が近いから影響されているだけで、男の水霊が存在するわけじゃないからなあ。当然セックスについても知らないんだろう。

つまり、一から教え込めるってわけだ。

「じゃあ早速教えてあげよう。……この二人の身体も支えられるか？」

「はい……というか、あなたはどうして支えてないのにわたしの上に立ててるんですか？」

「根性」

「はぁ……人間ってすごいんですね」

そんな会話を交わしつつ、水霊が一撫でると水面は光り輝いた。そこに俺はリリィを降ろし、フランも人の身体に戻りながら水面に降り立った。

「う、わ。揺れるっ」

「ふうむ。水の上というのはなにやら妙な心地だな」

立てるようになっただけで、湖面には緩やかな波が立っている。リリィは覚束ない足取りでバランスを取り、フランは楽しげな様子でぱしゃぱしゃと足踏みした。

「さて、そんじゃあ四人で楽しむとしますか」

俺は水霊を抱き寄せ水面に押し倒すと、リリィにも服を脱ぐよう促した。

「こ、こんな外でするのか……？」

何の遮蔽物もない屋外だからか、リリィは恥ずかしげに自分の身体を抱いて尋ねた。

「大丈夫だって。こんな大きい湖のど真ん中まで見に来れる奴はいないから」

湖の端までは結構な距離がある。陸からは人がいることくらいはわかっても、何をしているかまではわからないだろう。

「サーナ、我は準備万端だぞ」

リリィに買ってもらった服を脱ぎ捨て、誇らしげに裸身を晒してフランが言った。いい脱ぎっぷりだが、できればもう少し羞恥心というものも学んで欲しいところだ。

「えっと、その、服……？　を、脱ぐのが、せっくすなんですか？」

俺に押し倒されたまま水霊は二人を見やり、そう尋ねた。

「いや、今からだよ。……そういや君の名前は？」

できればセックスする相手の名前くらいは聞いておきたい。

「精霊に名前はありません。わたしはわたしです。……でも、人間はわたしのことをテレーズと呼びます」

「そっか、俺も名前はないけどサーナって呼ばれてるんだ。一緒だな」

「はい」

テレーズは嬉しそうににっこり微笑んだ。

「ぬ、脱いだぞ。これでいいのか？」

防具と衣服を脱ぎ捨て、腕で胸と股間を隠しながらリリィが尋ねた。俺は彼女の腰を抱き寄せ、その唇に口付ける。

「サーナ、我も」

皆まで言わせず、フランも抱き寄せて彼女にキスをしてやる。二人はうっとりとした表情で、水面に身体を横たえた。揺れる水面に立っているのは意外と大変だが、寝そべると柔らかく身体を支え、ひんやりとした感触が肌に心地よかった。

「今のはなんですか？　今のがせっくすですか？」

そんな俺達を、テレーズは不思議そうに見ていた。

「今のはキスっていうんだ。テレーズもしてみるか？」

「はい」

俺は彼女の顎に指を添わせ、顔を少し傾けてその半透明の唇にそっと口をつけた。そのまま舌で唇を割り開き、口内に差し入れるとそれに答えるようにテレーズも舌を絡めてくる。それは、凄まじい快感だった。

人と違って咀嚼(そしゃく)の必要のない水霊の口の中には歯がない。彼女の舌はしっとりと俺の舌を包み込むように絡まり、余すことなく口内を蹂躙していく。こんなに濃厚で凄いキスは生まれて初めてだった。

「なんかおもしろいですね」

唇を離すと、テレーズは無邪気な表情でそう言った。

「ちょっとこれを舐めてくれるか？」

俺は膝立ちになるとビンビンに反り立った物を突き出した。このぬるぬるすべすべの口でフェラされたらどうなるのか、どうしても確かめたくなったのだ。

「なんですか、これ？」

自分の姿にはない器官が気になるのか、テレーズは無造作にそれを握った。ひんやりした柔らかい指の感触は、ただ手で握っているだけなのにまるで膣内に入れたかのように気持ちいい。

「我が教えてやろう。よいか、見ておれ」

フランがその隣に並び、俺の物を優しく扱きながら口淫奉仕を始める。テレーズは口をぽっかり開けて興味深げにそれを見つめた。

「じゃあ、上半身は私が受け持とう」

そう言ってリリィは俺に抱きつくと、俺の手を自らの胸に導きながらキスをしてきた。俺は彼女の豊かな乳房を揉みしだきながら、もう片方の腕を腰に回して抱き寄せその尻肉を揉む。胸も尻もたっぷりと肉がつき、それでいて張りのある最高の身体だ。

そうするうちにフランの講義が終わったのか、テレーズが俺の物を口に含んだ。そして一気に奥まで飲み込む。大きさが自慢の俺の一物だ。人間の女ならそんなことをすれば必ず喉に当たってえずいてしまうところなのだが、テレーズは苦もなく根元まで咥え込んだ。

その快感たるや、今まで無数の女達を抱いてきた俺ですら経験したことのない未曾有の感覚だった。しっとりとした彼女の口内がぴっちりと絡み付き、ぬめぬめと俺の一物を包み込む。ぷにぷにむにむにとした感触は、まるで胸と膣を足して二で割ったかのような至福の柔らかさだ。

「そう……で、前後に……」

「ふぉう……れすか？」

俺の玉を舐め上げながら指導を続けるフランにテレーズは従順に従った。口を窄めながら頭を引いて唇の先まで一物を抜くと、今度は舌を出しながら一気に奥まで咥え込む。これを高速で繰り返し始めたのだ。

「く、うぅぅっ！」

予想外の凄まじい快楽に俺はたまらず、テレーズの中に精を吐き出した。半透明に透き通ったテレーズの顔が一部白く染まる。

「ん……あったかい。それにおいしーですねー」

ゆらゆらと己の中をたゆたう精液を感じ、テレーズは嬉しそうに笑った。

「よし、じゃあセックス本番いくぞ」

俺はまったく萎える気配のない一物を、テレーズの股間に押し当てた。彼女のそこはつるりとしたシンプルなスリットだけが存在していた。子供のま○こともまた違う。びらびらした大陰唇どころか、尿道もクリトリスもないようだ。

ついでに肛門もなかった。どれも精霊には必要ないものってことだろう。……その割にま○こだけあるってのは謎だが、どうでもいい。

彼女の足を抱えるようにして突き入れると、我が愚息は殆ど抵抗なくぬるりと奥まで滑り込んだ。処女膜もなければ痛みもないようだ。

「これがせっくすなんですかー」

テレーズはしげしげと結合部を眺めながらそう言った。入れた心地に処女特有のキツさはまったくない。代わりに、もっちりぬるぬるとした膣肉が柔らかく俺の一物を包み込み、口とはまた一味違ったなんともいえない感触があった。

なにせ相手は水の精霊だ。その全身が水のようなもので、身体には骨格すらなくふよふよとどこまでも柔らかい。秘所は洪水なんてレベルじゃなく、身体自体が濡れ濡れだ。そこはじゅぷじゅぷと音を立てながら、俺の物全体を包み込み精を搾り取るかのように柔らかく圧迫した。

人間の女相手のような激しい快楽はないが、まるで全身が湯に浸かっているかのような、まったりとした癒しの気持ちよさがあった。これはこれでいいもんだ。

「なんだか、楽しいですね～」

嬉しそうに笑いながらテレーズは俺の胸にぴっとりともたれかかった。感じるということはないみたいだが、彼女も気持ちいいことは気持ちいいらしい。癒されることは癒されるが、相手をちゃんと気持ちよくしてやれないというのはオトコとして少し気が引けるな。

「さっきのおいしいのはもうでないんですか？」

緩い笑みを湛えたまま、無邪気にテレーズはそう尋ねた。

「精液のことか?」

どういうわけかは知らないが、テレーズにとって俺の精は美味しいものらしい。水霊は下の口でも味わえるんだろうか?　疑問に思いつつも、女が精をねだっているのにそれに答えられなければ男の沽券にかかわる。

「まってな、今すぐ出してやる」

俺はぎゅっとテレーズを抱きしめ、彼女の奥に突き入れた。彼女の身体はまるで全身がおっぱいみたいにたゆんたゆんだ。どこまでも柔らかく、しかし反発する張りを持っている。抱きしめるとなんとも気持ちがよかった。

「出すぞ……たっぷりと味わえっ!」

半透明の彼女の身体の中で、俺の先端から勢いよく精が吐き出された。

「うわぁ、こんな風になってるんだ……」

「感覚でわかってはいたが、改めて目にすると物凄い量だな」

テレーズの胎内に満ちていく白い液体を、リリィとフランは興味深げに眺めた。白濁の液は物凄い勢いでテレーズの奥で逆巻き、その子宮を丸く満たしていく。……ん?　なんで精霊なのに子宮なんかあるんだ?

俺がそんな素朴な疑問を浮かべた時。

「ああっ……!」

それまで緩くほんわかした態度で俺の欲望を受け止めていたテレーズが高く声を上げ、にわかに光り輝きだした。

「ど、どうした、テレーズ⁉」

「……そういえば聞いたことがある」

流石に慌てる俺の横で、フランが神妙な声を上げた。

「精霊は人のように明確な自我や魂を持たぬ。ただその場にあり、生まれ消えゆく定めのもの。……しかし、人と真の愛情で結ばれることによって魂を得ることがあるという」

それは初耳だ。光り輝くテレーズに突き入れながら、俺は彼女をまじまじと見つめた。彼女の身体は段々と色を帯び、人間のように肌の色を持っていっていた。

「とはいえ、それは本当の、偽りない愛情でなければならんはずなのだが……だからこそ、滅多にない例であるわけで」

「俺は偽りなく全ての美女を愛しているぞ」

俺はきっぱりと言い切った。当たり前のことだったからだ。

「……私と君の『愛』という言葉は随分違う気がする……」

「まあ、こうして水霊に魂が宿ったからには、偽りのないものなのであろうな……」

リリィが頭痛を堪えるかのように額に手を当て、フランも難しい表情で呟く。なんだってんだ。

「あ、あのぅ」

俺の腕の中で小さくなりながら、テレーズは俺を見上げた。既にその肌は半透明ではなく、青い髪とサファイアのような瞳を持つ、透き通るような白い肌の美女へと姿を変えていた。見た目は人間とまるきり見分けが付かないが、気配は依然水霊のままだ。

「なん、か、さっきから……んっ、変な、感じ、なんですぅ……け、どぉ……」

テレーズは頬を染めながらつっかえつっかえそう言った。その身体の柔らかな感触は変わっていないが、締め付けは若干キツくなった感じがする。

「それは、感じてるんだ。気持ちいいってことだ」

「気持ち、いい……これが、気持ちいい、ん、ですね」

甘く吐息を吐きながら、彼女は色っぽく喘いだ。さっきまでの幸せ一杯な緩い笑顔もいいが、やっぱり女は悩ましい切なげな表情が一番そそるな。

「もっと気持ちよくしてやる」

俺は彼女の尻を掴み、奥までずんずんと突き上げた。

「あっ、あっ、いい……気持ち、いい、ですぅ……」

魂を得た彼女は一転、表情を蕩けさせて善がると俺にその両手足を巻きつかせた。

「なんか、こーしたい、です」

可愛いことを言う彼女の唇を俺の口で塞いでやる。舌を差し込むと、相変わらずその中はぬるぬるのぷにぷにだった。その中にはさっきと違い歯のようなものができているが、ちっとも硬くも尖

ってもなくて舌にはぷにぷにと柔らかい感触が返ってきた。

どうやら、見た目は人間に似ているが擬態のようなものらしい。彼女の本質は水霊のままだ。

「んっ、んっ、んぅんっ」

テレーズは全力で俺に抱きつきながら、もぞもぞと腰を動かして快楽を貪った。俗世に塗れず無邪気な彼女は、快楽に対しても貪欲でどこまでも無邪気なようだ。何の照れも躊躇(ちゅうちょ)もなく、全力で俺を求めてくる。

そんな彼女に、俺もまた全力で応えた。似てはいても人とは違う身体だ。秘所にはクリもなく、感じる場所も人とは少し違う。俺はテレーズの反応から全力でそこを探りだし、攻めた。

「んっ、あ、そこっ、そこ、いい、ですっ！　もっとしてっ、くださいぃっ！」

テレーズは膣の中ほどをぐりぐりされるのがいいらしい。俺はそこを擦り上げるようにして角度をつけ突き入れ、カリで掻いてやるように引き抜く。

「あぁぁっ、それぇっ！　いいん……も、っとぉ！」

テレーズの声が一際高く上がり、膣内が震えた。

「テレーズ、出すぞ……っ！」

テレーズの膣口がきゅうっと締まる。それは俺の精を絞り出すというよりも、留めてもっと長い情交をねだるかのような動き。しかし、一旦飛び出そうとした俺の精の勢いはそれでは止まらなかった。

俺は彼女を抱きしめキスをしながら、奥に思いっきり欲望を解き放った。テレーズは全身で俺に抱きつき、腕を絡ませ、股間を押し付けるようにしてそれを受け止めた。身体はふるふると健気に震え、舌は俺の口の中で忠実にその震えを俺の舌に伝えた。

色を得た彼女の肌の奥は見通せないが、その胎内は先ほど以上の量の精が埋め尽くしているはずだ。俺は銀の糸を引きながら彼女から唇を離し、一息ついた。

「これが、セックスだ。……気持ちよかっただろ？」

問う俺に答える代わりに彼女は幸せそうに微笑んでがっしりと俺の腰に脚を絡め、言った。

「もっとしてほしーです」

オーケー、気が済むまで何度でもしてやる。

そう意気込む俺の腕が、左右から抱きかかえられた。

「待て、サーナ。次は私達の番だ」

「妻は平等に愛してもらわねばな、旦那様よ」

リリィとフランがにっこりと笑う。しかしその目は変わらず真剣そのものだった。

「妻って……」

「よもや、魂まで与えておいて責任を取らぬというつもりではあるまいな？」

フランはテレーズを一瞥（いちべつ）する。……まあ、それもそうか。

「テレーズ、お前も俺の嫁になるか？」

「嫁？」

テレーズは婚姻制度を理解していないらしく、首をかしげた。

「俺と毎日セックスをする係だ」

「なります！」

即答だった。

「その説明はどうなんだ……いや間違ってないけど」

呆れたように言うリリィを抱き寄せ、口付ける。

「サーナ、我も」

両手を伸ばし広げるフランの腰に腕を回し、彼女にも口付ける。

「三人纏めて面倒見てやるさ」

街に帰ればヴァネッサも待っている。結婚が人生の墓場だなんて言ったのはどこのどいつだ？

「人生最高！」

俺は叫び、彼女達の身体に没頭していった。

登場人物紹介 CHARACTERS

ヴァネッサ

宿の娘。いつか勇者が自分を迎えに来て助けてくれると信じていた夢見がちな少女。サーナのことを、彼こそ運命の相手だと信じ処女を捧げて枯れた湖の件を頼むが、二人の妻を持つと知り愕然とする。その上事件を解決して帰ってきたら何故か妻が一人増えていた。絶望するが数ヶ月後子供ができていることに気付き、やはり運命の相手だったと再確認。未婚の母として強く生きていく。

テレーズ

『真実の愛』によって魂を得、水霊と人間の中間的な存在へと変わる。それに伴い、湖から離れても行動できるようになった。実質ゼロ歳児のようなものであり、人間の常識どころか生き物の常識一般に非常に疎く純粋でマイペース。

ラニアーデ

主人に命じられた水霊の封印を守護する任務には失敗するわ、サーナには強姦されるわ、もう一度封印しようと行ってみたら何故か水霊がいなくなってて封印することができないわで踏んだり蹴ったりでかなり泣きたい。

サーナ

ついに妻が三人にまで増えたが、行動を改める気はまったくない。三人もいると色々プレイの幅が広がるな、とローテーションや4Pの方法を考えるのが専らの悩み。

知られざる偉業　生涯最大の戦い

1

浮気セックスがしたい。

まだ籍は入れてないとはいえ、三人の妻を迎えた俺が思ったのはそんなことだった。

いや、別にリリィ達に飽きてしまったとかそういうことじゃない。

月曜、木曜はリリィ、火曜、金曜はフラン、水曜、土曜はテレーズ、日曜は三人纏めて。そんなローテーションを作りつつも結局毎日全員とセックスしている俺だが、三人とも最高で彼女達に飽きるなんてことはありえそうもない。

それに、別に他の女とヤっていないわけでもない。酒場のウェイトレスや武器屋の看板娘、声をかけてきた娼婦、たまたま出会った旅の女魔術師、山賊に襲われてた商隊の娘、山賊の女頭、荒野で襲い掛かってきたハルピュイア……

我ながら、節操なく色々と手を出している。

だが違う。俺がしたいのは結果的に浮気となるセックスじゃなくて、浮気セックスなのだ。さっき述べた相手は、全員妻達も承知している。というか目の前でセックスしてたし、なんなら彼女達も交えて一緒にした。

そうではなく……リリィ達に知られることなく、隠れて他の女とセックスしたいのだ。

勿論おおっぴらに他の女に手を出したって、我が寛容なる妻達は怒ることはない。リリィが少し呆れるくらいで、フランはむしろ男の甲斐性だと褒めてくれるし、テレーズにはそもそも独占欲がないように見える。

それはわかった上で……俺は、彼女達に隠れてセックスしたい。折角妻を持ったんだから、その背徳感と興奮を味わいたいのだ。

だが、どうしたもんか。と俺は隣を歩くリリィ達を見やった。ここ最近、どうにも俺が一人になるタイミングというのがない。リリィは何かと俺の傍にいたがるし、人になったばかりのテレーズはまるで雛鳥のように俺についてくる。まあそれはそれで可愛らしいんだが。

そして一番の難点が、フランだ。

竜の鋭敏な感覚は、小さな街一つくらいなら余裕で感知してしまう。とりわけ俺の一挙一動はよく聞こえるらしく、彼女達三人が買い物に出かけている間に女を連れ込んだら即座にバレた。たとえ最中に気付かれなかったとしても、匂いでバレる。

水を浴びて匂いを消しても、日中に水浴びなんかしたらすぐさま察するしな。

どうしたもんか……そんなことに、俺はここ数日頭を悩ませ続けていた。

「なんだ、サーナ？　もしかして、したくなったのか？」

フランを見つめて歩いていたからだろう。彼女は俺の方を振り向き、笑みを浮かべる。

「もう少しで街なんだ、我慢できないか？　日が落ちる前に着きたいだろ」

リリィが少し困ったように、俺を見つめた。

「今日のせっくす、しますか？」

嬉しげにテレーズがスカートを捲り上げる。

「こらテレーズ、はしたないだろ」

「しゃがみ込んでガン見しながら言っても説得力がないぞ、サーナ……」

テレーズのなだらかな恥丘を覆う純白の布を見つめる俺に、リリィは深くため息をつく。

「まったく、君は本当に仕方ない男だな……」

言いつつ、リリィはカチャカチャと剣帯を外そうとした。

「いや、待て、リリィ」

ふとあることを思いついて、俺は彼女を制止する。

「なんだ？　鎧をつけたままするのは、音が鳴って集中できないし……その、触れ合う感触もないから、できれば外したいんだが」

何を勘違いしたのか、リリィはそんな可愛いことを言い出す。最初は屋外でするのをあんなに嫌がってたのになあ。

「いや、そうじゃねえ。するなら街に行ってからベッドの上でしようぜ」

俺がそう言うと、リリィとフランは信じられないものでも見たかのような表情で、互いに顔を見合わせた。なんなんだ、その反応はよ。

「我は別にそれでも構わんが……」

フランが言いつつ、俺の股間を指先で撫でる。

「お主はそれでいいのか？」

ズボン越しに握られたそこは、既にガチガチにそそり勃っていた。仕方ねえだろ、テレーズにパンツ見せられて、リリィにあんな可愛いこと言われて、勃たなかったら不能ってもんだ。

とはいえここで彼女達を抱いたら、俺のことだから日が暮れるまでし続けるだろう。思いついたことを実行するにはできれば今日中に街に着きたい。

仕方ない。折角のお誘いだが、ここは鋼の精神力で断ろう。

「じゃあ、口でしてくれるか？」

そう思ったのに、気付けば俺の口からはそう声が発せられていた。おかしいな……

「はいはい」

呆れ笑いを浮かべつつも、リリィは髪を纏めて後ろで縛る。単に邪魔だからってだけなんだろうが、フェラする為に髪を纏める女の仕草ってのは、どうしてこうもそそるんだろうな。

ごそごそとチンコをズボンから取り出して仁王立ちする俺の前に、三人は跪いて顔を寄せた。一番小柄なフランを真ん中に、右にリリィ、左にテレーズという布陣だ。

「はむ……ん、ちゅ……サーナ、お主ちょっと、大きくしすぎだ……我の口に入りきらぬ」

先端を唇で咥えて、フランが文句を言う。身体の小さい彼女は、口も小さい。亀頭を頬張るだけで彼女の口内は一杯になってしまっていた。

本当の姿だったら俺の身体まるごと口に入れられるくらい大きいのにな。いや、流石の俺も竜の姿とセックスする気にはならなかったが。……一回しか。

「ふふ……ピクピクしてるな、サーナ。気持ち……んっ……いい、か？」

横から竿に舌を這わせて、リリィが妖艶な流し目を俺に送る。普段は生真面目で高潔な女騎士が、こうして屋外で男のグロテスクな器官を舐めながら色っぽく笑う姿はなんともいえず興奮する。彼女が首を動かす度にさらさらと揺れるポニーテールも最高だった。

「サーナ、気持ちいいですか？　せーえき、たくさん出ますか？」

四つん這いになるような体勢で俺の足の間に潜り込み、テレーズは袋を舐めしゃぶる。水霊のひんやりとした舌先が袋のシワをなぞるようにして這い回る度、痺れるような快楽が走った。そうしながら、ふりふりと振られるデカいケツがなんともいやらしい。

「ああっ、いいぞ……三人とも、最高だ……！」

俺は両手でリリィとテレーズの後頭部を撫で、歯を食いしばる。

そういや、この三人に揃ってトリプルフェラされるのは初めてかもしれない。

にもかかわらず、そのコンビネーションは完璧だった。フランが下品にじゅぽじゅぽと音を立てながら吸い付いて、それに合わせてリリィが竿を扱きながら舌を這わせる。テレーズはマイペースに舐めているだけだが、それがかえって意図しないタイミングで快楽を伝えて、いいアクセントになっていた。

「んっ、んぶっ、サーナ……んっ、ふ……だひて……いいのらぞ……」

俺のを咥えたまま、フランがそんな誘い文句を口にする。彼女が喋る度に舌先が裏筋を叩いて気持ちいい。こみ上げてくる射精感に逆らわず、俺は彼女の口内に精を吐き出した。

「んっ……んっ、ん……」

こくりこくりと喉を鳴らして、フランが白濁の液を嚥下していく。同時にリリィが俺の肉茎をぎゅっと握って、精液をフランの口の中に送り込むように何度も扱き立てた。うおっ、これは、気持ちよすぎるだろ……！

その刺激に出しても出しても腰の奥から欲求がこみ上げて、どぴゅどぴゅとフランの口内を汚していく。

「ん、ぐっ……んむむ……っ」

その量にフランは眉間をしかめながらも、まるでリスのように頬を膨らませてそれを受け止めた。

俺はたまらずフランの頭を両手で掴み、その唇で男根を扱くように腰を打ち付ける。

「んぅっ……！」

フランは苦しげに呻いたが、嫌がりはしなかった。その小さな頭を引き寄せ、口内を犯す。それはフェラや、セックスとはまた違った征服感と快楽があった。

高貴な竜の頭を掴んで好き勝手にじゅぼじゅぼと犯す。それはまるで性欲処理の為の玩具のような扱いだ。その興奮に、更に俺の腰の奥から快感が湧き出してくる。

「フラン、出すぞ……っ！」

一方的に宣言して、俺はフランの喉奥に再び射精した。びゅるびゅると吐き出される精液の奔流が彼女の喉を打つのが、手のひらから伝わってくる。苦しいだろうが、止められなかったし、フラン自身も止めようとはしなかった。

射精しながらも更に腰を大きく動かして、二度、三度と奥に打ち込み、俺はようやく我に返る。フランの口からペニスをずるりと引き抜くと、唾液と白濁に塗れた業物がぬらぬらと濡れて糸を引いた。

「んっ……ごほっ、ごほっ……！　き……きもち、よかった、か……？」

フランはぐったりとして咳き込みながら、健気に俺に問う。

「ああ、最高だったぜ」

その姿にさえ妙な興奮を覚えながら、俺は頷いた。

「サーナ」

リリィの声に、やりすぎだと言われてしまうだろうか、と一瞬考える。しかし振り向いた俺の目に映ったのは、上気し明らかに発情した表情で胸を曝け出すリリィの姿だった。

「今度は私達が、胸でしてやる」

言うやいなや、同じく上をはだけたテレーズと二人で、反り勃ったままの俺のチンコをおっぱいに挟み込んだ。

二組の乳房に挟まれ、はみ出た先端を二人の美女が愛おしげに舐めしゃぶる。唾液が茎を伝って谷間へと流れ落ち滑りがよくなると、くちゅくちゅと音を立てながら二人はおっぱいで肉槍を擦り始めた。

うおっ、めちゃくちゃ気持ちいい……！

柔らかな四つの肉がペニスを扱き立てる感覚は、脚に力が入らなくなりそうなほどの快楽だった。ただ柔らかいだけじゃなく、その中にある四つの硬い感触がコリコリと刺激する度、びくびくと震える俺の息子は更に硬度を増していく。

それを見下ろす光景も最高だ。四つのおっぱいがまるで別の生き物のように歪みたわむ様はどれだけ見てても見飽きない。そしてその上では、二つの美しい顔が情欲に蕩けながら舌と唇とで赤黒い肉塊に奉仕している。

グロテスクな男の物と、白い二人の肌のコントラスト。その赤い唇に肉塊が収まっては離れ、また咥え込まれては吐き出される。代わる代わる、交代で二人の口内を味わうその感触は筆舌に尽くし難いものだった。

ちろちろと伸びる肉厚の舌の感触が、そこに更にアクセントを加える。雁首をなぞり、裏筋を撫で、浮き出る血管を伝って、二つの舌先がナメクジのように這い回る。

これは……ヤバすぎる……っ！

俺はたまらず手を伸ばし、二人のおっぱいを鷲掴みにした。たっぷりとした肉の柔らかさと重みは、どう見てもこの状況には逆効果だ。しかし俺は揉まずにはいられなかった。

すると引っ張られた乳房から、ぽろりとピンク色の蕾（つぼみ）がまろび出る。その光景に、思わず俺は精を放っていた。

「んっ……熱い……」

「はぁっ……おいしー、ですー」

まるで間欠泉のように吹き出す精液を、リリィとテレーズは共に目を閉じその顔で受け止める。

美しい顔と髪を白濁が汚していくその光景に、俺はますます興奮した。

「リリィ、もう……！」

「だぁめ」

ズボンを下ろそうとする俺を、リリィは弟に言うような口調で窘（たしな）める。

「今回は上の口でだけ、でしょ？」

そう言いながらも、彼女の手は俺のモノを扱き立てていた。

「口と胸でなら、好きなだけしてあげるから……」

そう囁くリリィに、射精して萎えかけていた男根はあっという間に硬さを取り戻す。

――結局日が暮れてしまったのは、言うまでもない。

2

「この街で、路銀を稼ごうと思う」

その翌日。なんとか日が落ちるギリギリで街に辿り着いた俺達は、清潔なベッドにありつくことができていた。

あの後も三人がかりで手コキしてもらったり、テレーズの服の隙間から突っ込んでパイズリしてもらったりと、手と口と胸だけで俺は何度も精を吐き出してしまった。いや、膣内に中出ししないセックスってのもなかなか奥深いもんだ。まさか髪を巻いて扱くなんて技まであるとはな……

赤く染まり始めた空を見て我に返り、俺は慌てて三人を抱え転移を繰り返して街に辿り着いたというわけだった。

「路銀？」

当然ベッドでも大いに盛り上がり、朝湯を浴びたばかりのリリィが濡れて重たげな髪を掻き上げながら問い返した。

「ああ、そろそろちょっと手持ちが寂しくなってきていてな」

「……そういえば、気にしたことがなかったな」

気まずげな表情で、リリィが言った。

市井で暮らしていたとはいえ、リリィは王族だ。今まで金のことなんて気にしたこともなかったのだろう。

「ふむ……我の財を幾つか持ってくるか？」

フランも竜だから、そんじょそこらの人間の一生くらい、一人や二人楽に買えるくらいの財宝を溜め込んでいる。

「ロギン、って、なんですか？」

テレーズに至っては貨幣制度を理解していなかった。

つまり全員、金銭感覚が破綻しているのだ。

「いや、フランの財宝に頼るつもりはない。ありゃフランのものだからな。代わりに、ちょっと仕事をしてもらおうと思う」

「仕事……我がか？」

思ってもみなかったのだろう。首をかしげるフラン。

「おう。といっても大したことじゃない。こんな感じの奴だ」

俺は酒場の片隅に貼り出してあった紙を取り出して、三人に見せる。それは簡単な魔獣駆除の依頼だった。

「こういった酒場には、こういう魔獣や妖魔の駆除依頼が貼り出されてるんだ。俺は普段、こういうのをこなして金を稼いでる」

「魔獣ウガルルム退治……このウガルルムってどんな魔獣なんだ？」

あまり有名な魔獣じゃないからか、依頼書を見てリリィが聞く。本当はそういうのは自分で調べるなりしなきゃいけないんだが……

「獅子のような姿をした魔獣だな。筋張ってるし毛皮が硬いから、あまり美味くない」

どうするか考えている間に、フランが言った。流石長く生きてる竜だけあって博識だ。

「いや、味とかじゃなくて……」

「まあ大した魔獣じゃない。フランがいるなら安心だろ」

俺の言葉に、リリィが瞬きする。

「サーナは来ないのか？」

「ああ。俺は別の依頼を受ける。全員で行っても仕方ないし……こいつは、テストでもある。お前達が自力で食っていけるかどうかの」

俺が言うと、リリィとフランは表情を引き締めた。テレーズはよくわかってないらしく、いつものニコニコ笑顔のままだ。

「俺はお前達の夫なんだから、養う義務はある。けど、おんぶにだっこは嫌なんだろ？」

「勿論だ」

即座に頷くリリィに、俺は内心でしめしめとほくそ笑む。大した相手じゃないが、それでも魔獣を探し出して退治し、帰ってくるには三日はかかるだろう。こっそりと浮気するには十分な時間だ。

「フラン、お前も竜の力は危なくなるまで使うなよ。テストにならないからな」

「心得た」

俺はフランにそう念を押しておく。彼女が竜に戻ってその鼻で探し出したら、多分三十分くらいでこの依頼は終わっちまう。流石に俺もそこまで早漏じゃない。

「テレーズは、リリィの言うことをよく聞いて、迷子にならないようにな」

「はーい」

そういやテレーズがどのくらい戦えるのかは知らないな。あれだけ大きい湖の精霊なんだから弱いわけはないが……まあリリィもフランもいるんだからなんとでもなるか。

「じゃあ俺は別の魔獣を退治してくる。一つ、どっちが先にこなせるか勝負といくか」

「サーナはどんな魔獣を退治しに行くんだ？」

「えっ」

手元を覗こうとするリリィから、思わず俺は依頼書を遠ざける。

「スキュラ退治か……スキュラといえば、美しい女の上半身を持つという魔獣だが」

しかしいつの間にかフランが俺の後ろに回っていて、それを読み上げていた。

素晴らしいコンビネーションだ。これならどんな依頼も楽にこなしてしまうだろう。

「サーナ。互いの依頼を交換しようか」

にっこりと笑うリリィの提案を、俺は断ることができなかった。

「死ねぇー！」

ずん、と音を立てて、魔獣ウガルルムの巨体が大地に沈む。その体躯は大体十メートルくらいか。竜になったフランよりちょっと小さいくらい。火も吹いてこないし空も飛ばない、魔術だって使えない。

ただめちゃくちゃデカくて硬くて力が強くて動きが速いだけの雑魚だ。さっさと殺して、証として俺は耳の一部を切り取った。普通の魔獣なら首とか脚とかを切り取っていくんだが、こいつサイズになると持ち歩くのが大変だし酒場だって持ち込まれても困るだろう。

ここからが真のクエストの開始だ。リリィ達が依頼を終える前に街に戻り、美女を見つけ、口説いて、しっぽりやらなければならない。

幸い、スキュラの棲む湾まではそれなりの距離がある。依頼達成にかかる時間はウガルルム退治の時よりも長くなるはずだ。五日か、下手をすれば一週間くらいはフリーになる。

……しかし、スキュラともヤってみたかったなあ。話によればスキュラには触手が何本も生えているらしい。俺は昨日リリィ達にしてもらった三人での手コキを思い出す。あれを無数の触手でされたら、さぞ気持ちいいだろうになあ……

俺がモンスター姦に思いを馳せていると、地の底から響くような唸り声がどこからともなく聞こえてきた。依頼はウガルルム一匹だけだったが、まだ他にいたか？

雑魚とはいえ、これだけ大型の魔獣が住み着くと普通は他の魔物は逃げていく。群れる習性もないから、そう何匹もいるわけないいんだが……

《よくも……我が子を……！》

最初に見えたのは、巨大な腕だった。

辺りにそびえる木々よりも太く巨大な腕。次いで顔が現れ、その身体が空を覆い尽くす。

「マジ、かよ……」

俺は思わず呟き、目を見開いていた。

なんで……なんで、こんなところにいるんだ。

全ての魔獣達の母。とうの昔に滅んだはずの古きもの。

――亜神ティアマト。

確かに、ウガルルムはティアマトが産んだ魔獣だと言われていた。

だが、子がいるからって親がいるなんて道理はない。そもそも伝説に残っているだけで、ティアマトを実際に見たなんて話は聞いたことがない。

リリィ達と、依頼を交換しておいてよかった。俺はそんなことを思う。

《我が子を殺したのは……汝か……》

頭の中に直接響く、轟く雷鳴のような声。

人間の身長と同じくらいの大きさがありそうな巨大な瞳が、俺を射抜く。

天衝くようなその体躯は、巨人どころの話じゃない。俺はその大きさに打ち震えた。

幾らなんでも俺だって、ここまでの大物に出会ったことなんてない。

デカい。デカすぎる。

《その咎、矮小なる汝の身をもって償わせてやる。爪の一枚、髪の一房に至るまでバラバラに引き裂いて、魂の欠片一つ――》

「すっげぇー巨乳だなあんた！」

《…………………………………………は？》

堪えきれず叫んだ俺に、ティアマトは呆けたような声を上げた。

迫力のある美人だが、そんな風に声を出すと案外可愛いもんだな。

「いや、俺も、さんざん巨乳、爆乳、魔乳と言われる女達を抱いてきたことはある。けど、あんたほど乳のデカい女とは初めて会った！　いや本当に、驚きだよ！」

勿論、身体がデカいんだからおっぱいだってデカいのは当たり前だ。だがティアマトの凄いところはそこじゃない。仮に彼女の身体を人間大まで縮めたとしてもなお世界最高峰であろう、超乳だった。

それが、空一面を覆い尽くすような大パノラマで広がっているのだ。その光景にさしもの俺も興奮を隠せず、震える拳を思わず突き上げていた。

ティアマトは、亜神は、服なんて余計なものを一切身につけていない。そのたっぷりとした乳房から先端の愛らしい乳首まで、ばっちりしっかり見えてしまっていた。肌はちょっとばかり青いが、その程度全然気にならない。人は肌の色なんかで差別すべきじゃないんだ。

顔立ちだって角が生え、牙も並んじゃいるが、顔立ちそのものはきりっとした美人だ。

《巫山戯るな……塵芥ごときがァ！》

ティアマトはその牙をむき出し、吠えた。声だけで大地を揺るがすような咆哮だ。

《汝にはもはや死の安らぎ、滅びの安堵すら与えぬ！　果てることのなき慚愧の中、永劫に苦痛の声を上げ続けるがよい！》

そして、戦いが始まった。

3

《だめぇぇえっ、死ぬ、死んでしまうぅっ！》

「バカ言え、お前くらいの存在になるともう死の概念なんてないだろ」

パンパンと肉の打ち付ける音と共に叫ぶ亜神に、俺は冷静にそう返しつつも感心していた。流石古きもの。人間サイズになることもお手のものとは恐れ入ったぜ。

幾ら自分のサイズに自信があるとはいえ、流石に山みたいな大きさの女に突っ込むにはちょいとばかり力不足だ。というわけで、ティアマトには俺に合わせた大きさにまで縮んでもらっていた。

親だけあって、ウガルルムに比べたらティアマトは相当強かった。だがまあ、こう言っちゃあ悪いが亜神なんてこのご時世には時代遅れもいいところだ。攻撃方法は大味で工夫の欠片もないし、手の内を隠すようなこともしない。屈服させるのにそこまで苦労はなかった。

だが……と、俺は後ろから突き込みながら、ティアマトの胸に手を伸ばす。

恐るべきは、このおっぱい。人間サイズになってもなお存在感をいささかも損なわない、その超乳だった。

《ひあぁぁぁっ！　おっぱい、引っ張っちゃ駄目ぇっ！》

手から溢れるどころか、両手を広げても片乳さえ包めないようなその大きさ。そしてそれ以上に、それほどの大きさがあってなお軽く触れただけで感じるほどの感度があった。巨乳は感度が悪いなんていうのが嘘なのは経験上知ってたが、そうはいってもこれほどの質量でなおこんなに敏感なのは驚愕するしかない。どう見たって頭よりデカいもんな、このおっぱい。

「そんなこと言って、これがっ、イイんだろっ⁉」

《ひぎぃぃっ！　いいっ、いいのぉっ！》

先端をぎゅっと握り潰してやると、ティアマトは叫びながら俺のモノをキツく締め付ける。数時間にも及ぶ説得の甲斐もあって、亜神は随分素直になっていた。

とはいえ俺の方もそろそろ限界だ。

「イくぞ、ティアマトっ！　亜神ま○こに、人間の精子を出してやる！　俺の……人間の子を、孕め……っ！」

背を反らし、ティアマトが絶頂に悲鳴のような喘ぎ声を上げる。同時に俺は彼女の胎内目掛けて子種を放っていた。

《あああぁぁ……っ！　ひぐぅぅぅぅううううっ!!》

両の手に余るほどの乳房の柔らかさのせいか、それとも海の亜神としてのティアマトの力なのか。迸る精液は、俺自身ちょっと信じられないほどに大量に溢れ出た。

しかし女神のま○こはそれを全て吸い付くすかのように飲み込んでいく。そればかりかもっと出せと催促するかのようにきゅうきゅうと吸い付いてきた。

《ぐうぅ……う、ぐぅぅっ……っ！》

たっぷりとその中に注ぎ込んで一息つくと、ティアマトはにわかに苦しげな声を上げ始めた。

「どうした……」

言いかけ、俺は彼女から生え出している触手の一つがやけに膨らんでいることに気付いた。スキュラのそれと違ってあまり器用ではないらしく、手コキはできないと断られた、彼女の腰辺りから伸びている触手だ。その中ほどが、丸く球状に膨らんでいる。

かと思えば、その球が触手の中を先端へと移動して、ずるりと魔獣が吐き出された。

「え、マジで孕んだ……っていうか、産んだ!?」

《し……痴れ者が……我が人間ごときに孕まされるものか……あれは純粋な、我の子よ》

あ、ああ、なんだ。驚かせやがって。一瞬で我が子の将来計画まで考えちまったじゃねえか。

海の亜神、全ての魔獣の母、ティアマトの権能は新たな魔獣を生み出すことだ。今生まれたのは多分、ギルタブリルと呼ばれる魔獣だろう。腰からサソリのような尾の生えた、サソリ人間。

……だが、その尻尾以外は愛らしい、褐色の肌の少女の姿をしていた。

《我が子、我が眷属よ。汝も手伝え。この男を絞り尽くして……あぁんっ！》

母娘丼とはなかなか素敵な趣向じゃないか。感謝の意を込めて突いてやると、ティアマトは可愛らしく鳴き声を上げた。

俺は体位を変えて、ティアマトを膝の上に乗せるようにして前から貫く。いわゆる対面座位の体勢だ。ティアマトを相手にこうすると、俺の顔は完全にすっぽりとおっぱいの谷間に包まれてしまった。いや、包まれるなんて生易しいもんじゃない。これはおっぱいの海だ。俺はおっぱいの海で溺れている。

そこに、新たな海がやってきた。ギルタブリルだ。彼女は生まれたばかりだからか、その顔付きや体格はどこか幼げだ。けれどそのおっぱいだけが、不釣り合いに巨大だった。流石にティアマトの超乳には及ばないものの、魔乳と呼んでいいほどの規格外の巨乳。

それが、俺の頭を後ろから挟み込んだ。

前にティアマトのおっぱい、後ろにギルタブリルのおっぱい。文字通りの挟み撃ちだ。

《ふふふ、こうなれば手も足も出まい。そら、形勢逆転だ、このまま世界が果てるまで……んああ

ぁっっ！　だ、駄目ぇっ！　おっぱい、吸うのは、卑怯……ぁぁっ！》

こんなに感じやすいのに、なんで勝てるつもりでいるんだこいつは。

両手どころか腕までティアマトの乳房に埋めながらちゅうちゅうと先端を吸うと、亜神はよがりまくって声を上げる。

「父様……わたしのも」

無心になってティアマトのおっぱいを吸っていると、ギルタブリルがそう言いながら俺に胸を押し付けてきた。

「お前、喋れたのか……っていうか、父様って」

《ち、父ではない！　神が人の精で孕むものか！》

まあそれはそうだろうなあ。仮に孕んだとしても流石に産まれるの早すぎるし、ティアマトの権能なのは間違いないだろう。つまり血の繋がりはないってことで、何の問題もない。

というか、仮に血の繋がった娘だとしても、こんなおっぱいを押し付けられて、こんな風におねだりされて断れる俺じゃなかった。

「おいで」

俺は一旦ティアマトの中から引き抜くと、ギルタブリルに向けて手を伸ばした。

《ぁぁっ……まだ、イってないのに……》

「後でな。順番だ、順番」

思わず本音を漏らす亜神にそう告げて、俺はギルタブリルを腰の上に乗せる。

「あぁぁっ……！」

濡れそぼった性器の奥まで一気に肉槍を飲み込んで、彼女のサソリの尻尾がピンと伸びた。

「大丈夫か？」

「うん……父様。気持ちいい……」

ギルタブリルは健気に笑ってみせる。その屈託のないあどけない表情と、淫靡極まる巨大な乳房。

そのギャップに、俺の興奮は弥が上にも高まった。

《ううぅ……我の、我のなのに……》

「自分の娘に妬くなよ女神様」

ギルタブリルを腰の上で揺らしながら、ティアマトの首を引き寄せて口付ける。舌を伸ばして差し入れると、その口に並んでいたはずの牙が消えているのがたまらなく愛おしかった。

《んっ……ふ、う……ふぁ……んんっ……ちゅ、ん……っ》

「はっ、ふぁっ、父様、んっ、あっ、いいっ、んんっ、気持ち、いい、よぉっ」

母娘二人の喘ぎ声が、脳髄を痺れさせていく。

俺は両手のひらを一杯に広げると、右手にティアマトの両胸を、左手にギルタブリルの両胸をなんとか掴んだ。

《ふぁぁあっ！　だ、駄目だ……っ！　おっぱい、触っちゃ、あぁぁっ！》

「んうっっ！　父様、おっぱいっ、あぁぁっ！　もっと、弄ってぇっ！」

声を上げる母娘はまったく正反対のことを口にしているのに、その意味するところはまったく同じだ。俺は思わず笑みを浮かべながら、望む通りにしてやった。

ぐにぐにと幾らでも形を変える二人のおっぱいはまるで肉の海。好き放題にこね回し、揉みしだき、ほしいままに弄ぶ。その度に敏感な女達は嬌声を上げて、俺の耳を楽しませてくれた。

「イくぞ……っ！」

乳肉の海に埋もれ酔いしれながら、俺はギルタブリルの細い腰を掻き抱く。その腰はともすれば折れてしまいそうなほどに細いのに、胸だけデカいなんてエロすぎるだろ。

「はい……きて、きてください、父様……っ！」

ぎゅうとギルタブリルが俺の腰に脚を回し、そのサソリの尾が巻きついてくる。あからさまな異形の尾に、しかしまったく嫌な感じはしなかった。むしろ深い愛情さえ感じる。

びゅうびゅうとギルタブリルの子宮に叩きつけるように吐精して、気をやった彼女の中からペニスをずるりと引き出す。すると、愛液と共に白濁の液が彼女の秘裂から溢れ出てきた。褐色の肌の娘とセックスする度に思うけど、黒い肌の子に白い精液の取り合わせって、どうしてこうエロいんだろうな。

《次はっ……！　次は、我だ、順番だぞ！》

息をつく間もなく、ティアマトが自分の秘部を広げてそう急かした。くそっ、こっちもこっちでめちゃくちゃエロいな！

「わかったわかった、今すぐ栓してやるから……よっ！」

《ふあぁぁぁっ！》

否やなどあろうはずもなく、ティアマトのヌレヌレのおま○こに突っ込む。

その途端、ぽんと音を立てて彼女の触手から鷲の翼を持った女の子が生まれた。

「……いや、まだ出してないぞ」

《だから別に、汝の子ではないと言っておろうっ！》

早漏の誹り(そし)を受ける前に釈明すると、ティアマトが恥ずかしげに答えた。


「お父様、もっと、もっと注いでくださいませ……っ！」

「パパ、もっとぉ……ねえ、白いの、ちょうだい……？」

「父様、気持ち、いいです……っ！　おっぱい、吸って……っ！」

少女達の嬌声があちこちから木霊する。

ティアマトは俺と交わる度に新しく子を産み、そのことごとくが愛らしい女の子だった。

とはいえ、両肩から蛇の首が生えている子、蝙蝠のような翼の生えている子、獅子の尾とたてがみを持つ子、牛の角が生えた子、魚の尾の生えた子など、皆人間ではなく魔獣の一種のようだったが。

全部で十一人。ティアマトと俺を含めて十三人での大乱交だ。

十一人の少女達のうち、六人はティアマトに似た巨乳。残りは逆に僅かな膨らみしかない貧乳だった。途中で、娘全員巨乳なのはやはり母親に似たのか？　と聞いたら、

《汝は、大きいのが好きなのであろう》

と返ってきたから小さいのも好きだと返答したら、そうなってしまった。

普通の大きさがいない辺り、なんとも極端な女神様だ。

とはいえ牛の尾と角を持つ娘もいるのに、ティアマトより大きな乳房を持つ娘が一人もいない辺り実に可愛らしい。それを指摘してやると、必死に否定していたが。

「最後の一発……いく、ぞ……！」

俺は娘達とティアマトに次々に突き入れながら、そう叫んだ。流石にそろそろ、俺の体力も限界に近づいていた。一体何回射精したのか、もう俺も覚えていない。ティアマトに中出しする度に子が産まれ、娘達にも一回ずつは中出ししたから、最低でも二十二回は出したはずだが。

十二人の美女美少女に取り囲まれて、前を見ても後ろを見てもおっぱいにお尻、おま○こだらけだ。肌も白いのに黄色いのに黒いの青いのと、実にバリエーション豊か。

鷲の翼を持った娘を抱え上げてその膣の感触を味わい、獅子の尾を捲り上げるようにして後ろから秘部に突き入れ、肩から生えた蛇を掴んで口を犯し、牛のようなおっぱいをもみくちゃにしながら奥を突いて、次から次へと異形の美少女達との情交を楽しむ。

無我夢中で腰を振っていると、不意に青い両脚がするりと俺の腰に巻きついて、引き抜かれるのを防いだ。
《最後はこの我だ……そうであろう？》
「……仕方ねえお母さんだな」
縋るような表情で言うティアマトを掻き抱き、ぐっと奥まで腰を埋める。
その豊満な胸の谷間に顔を挟まれながら、俺は何度も何度も叩きつけるように腰を打ちつけた。
《ああっ、ああぁぁっ、あぁ、ああぁあぁぁっ！》
その度にティアマトの嬌声は高く響いて余裕をなくしていき、四方八方に伸びた触手がふるふると震える。
「イくぞ……孕め……っ！」
《あああああああああぁぁあぁぁぁぁぁぁっ!!》
触手がピンと伸び、絶叫しながら気をやるティアマトの膣内に、俺は最後の一滴まで精を注ぎ込んだ。

「……行っちまうのか」
《うむ……元通り地の底に潜り、今しばしまどろみながら力を蓄えることにする》
一通りの情事を終えた後。ティアマトは、そう俺に告げた。

「別に地上にいてもいいんだぜ？」

《遠慮しておこう。……久々に目覚めてみれば、人間が汝のような存在になっていようとはな。地上はもはや、我らには狭すぎるということだ》

それは確かにそうかもしれない、と俺は思う。亜人や獣人くらいならともかく、彼女達ほど力を持った存在を人間は許しはしないだろう。

——そして、そうなればきっと、勝つのは人間の方だ。

「そうか……名残惜しいな」

俺はティアマトのおっぱいを触りながら、心の底からそう言った。しばし、の意味するところは百年や二百年じゃないだろうし、流石の俺もそれまで生きちゃいないだろう。今生の別れということになる。

「あー、その……悪かったな、殺しちまって」

俺はティアマトではなく、獅子のたてがみと尾を持った少女……ウガルルムの頭を撫でて、そう言った。

「……パパ、気付いてたの？」

驚いたように目を見開くウガルルムに、俺は頷く。彼女は最後に産み落とされた娘だったが、産まれてすぐに気がついた。彼女は俺が殺した獅子と特徴が似てるってだけじゃない。同一の存在だ。

「血の繋がりはないとはいえ、娘だからな」

そう言うとウガルルムははにかんで、俺に抱きつきキスをしてくれた。

「いいよ。許したげるっ。血の繋がりはないとはいえ、パパだからね」

流石太古の魔獣だ。死生観が俺達人間とは大分違うものらしい。

「じゃあね、父様」

「またお会いしましょう、お父様」

「とーちゃん、またな！」

「バイバイ、パパー！」

口々に別れの言葉を口にする娘達に手を振って、消えていく彼女達を見送る。

……そういや、なんで亜神なんてもんが復活したのか聞き損ねたな。

聞いておけば、また呼び出してセックスできたかもしれねえのに。しかし浮気セックスどころか、一日で子供まで作っちまうとは、人生ってのは何があるかわかんねえもんだな。

そんなことを思いつつ、俺は帰路につく。

太古の存在達を相手の大乱交は流石に疲れた。丸一日寝て過ごしたい気分だ。まだリリィ達が帰ってくるまで時間はあるだろうし、酒でも飲んで寝よう。

「サーナ、ただいま！」

元気のいい声が響いたのは、街に戻った俺が湯を浴び、飯を食った後、ちょうど寝入り始めたくらいの頃だった。

「……早かったな」

「ああ。帰りはフランの背に乗せてもらって帰ってきた。そのくらいはよいだろう？」

何故かもじもじとしながら、リリィは言う。それにしたって思ってたよりも随分早い。あと二日はかかると踏んでたんだが。

「怪我はないか？」

「ああ、この通り無事だ」

「どうかしたのか？」

なんだか様子がおかしいリリィに、俺は問う。

「いや、そのだな……」

「サーナ、わたし、頑張りました！　せっくすしてください！」

リリィが言いよどんでいる間に、テレーズが元気よくそう言った。

「テレーズ、頑張ったのか？」

「ああ。水中に逃げ込んだスキュラを引き出すのに、テレーズが協力してくれたんだ」

「うむ。無論我も頑張った」

リリィが説明し、横からくいとフランが服の袖を引っ張った。

「この三日間、お前と交尾できなかっただろう？」

彼女はそのまま俺の手を取り、己の太ももに擦り付けてくる。

「最近、ずっと、毎日されてたから……その、なんというか」

普段ならそれを見咎め注意する立場のリリィが、もう片方の腕を取ってぎゅっと胸に抱いた。

「すっごくえっちな気分なんです！」

テレーズが俺に抱きついて、その胸をぎゅうぎゅうと押し付けてくる。

「だからだな、その……褒美に、たくさんしてくれないか？」

そんなおねだりをされて、精も根も尽き果ててる、なんて言えるわけがない。

「ああ……勿論だ！」

この俺の、生涯最大の戦いが始まろうとしていた。

登場人物紹介 CHARACTERS

ティアマト

古代に封印されていた亜神。亜神とは悪魔の一種であるとも、極めて強大な精霊のはてであるとも言われる。ある理由から復活を果たし、力を蓄えようとした矢先にサーナに出会った。長きに渡る封印によって相当力を減じてしまってはいるものの、自在に強力な魔獣を生み出す権能は健在。世界を三度滅ぼせると言われていたが、現代の人類の力に諦め魔界へと戻ることにした。

ウガルルム

巨大な獅子の姿をした魔獣。特に特殊な能力は持っていないが、ただでさえ獰猛な獅子が巨大になったというだけで十二分に強大な魔獣である。また、一般的に知られているウガルルムはオリジナルの遠い子孫であり、ティアマトが直接産んだ個体の力とは比較にならない。故あって、たてがみライオン尻尾娘として生まれ変わった。

ギルタブリル

鳥の胴体とサソリの尾、人の顔を持つ魔獣。故あって、サソリ尻尾娘として生まれ変わった。

ムシュマッヘ、ウシュムガル、ムシュフシュ、ウリディンム、ウム・ダブルチュ、ラハム、クサリク、バシュム、クルール

故あって、女の子の姿に生まれ変わった。

故あって、ティアマトを蘇らせたもの

世界を滅ぼすはずの魔獣軍団が何故か全員可愛い女の子になって、頭を抱えている。

サーナ

死力を振り絞り、なんとか三人の妻を満足させることに成功する。隠し通すのにこれほどの労力をかけなきゃいけないとは、やはり浮気なんてするもんじゃないんだなと珍しく反省する。

テレーズ

サーナが他の誰かとセックスしてきたことには纏った魔力の残滓（ざんし）から気付いたが、いつものことなので特に何も言わなかった。

リリィ

サーナが他の誰かとセックスしてきたことは予想していたが、いつものことなので特に何も聞かなかった。

フラン

サーナが他の誰かとセックスしている声は聞こえていた為、余計に焦らされ燃え上がった。

偉業7　盗賊団『ライカニッツの亡霊』成敗

1

鬱蒼とした森の中。一人の男と、三人の女が歩いていた。

その姿を見て飢えた盗賊達は舌なめずりをする。常人には見通しの利かない暗い森の中だが、彼らにとっては勝手知ったる庭のようなもの。木陰に隠れ、彼らの様子をつぶさに観察していた。

「男と女は、見たところ冒険者と騎士ってところか」

髭面の男が囁く。

「ナメた格好をしてる男はともかく、騎士はちょいとばかり手ごわそうだな」

殆ど防具らしきものをつけず剣をぶら下げた男と、全身を鎧で包んだ女騎士を睨んで片目を眼帯で隠した男が呟く。

「なあに、数人で回してやりゃあすぐに可愛くなるさ」

頬に傷のある男が下卑た笑みを浮かべそう言った。『違ぇねぇ』と彼らはひとしきり笑い、改めて一行を観察する。

「あの赤い髪の女と青い髪の女は、どっかの貴族のお嬢さんかねぇ」

髭面は後ろを歩く二人の女を観察した。

「赤い方はいい服着てるし、歩き方にも品がある。いいとこのお嬢か、もしかすると王族の端くれかもしれねぇぞ」

「青い方も、旅装に身を包んじゃいるが全然着こなせてねえ。ありゃあ根っからの旅人じゃなく、最近旅を始めたばっかりだな」

眼帯と傷持ちがそれぞれそう言った。

「そんじゃあ……」

お互いこくりと頷き合い、弓を構える。狙いは前を歩く二人、冒険者らしき剣士の男と、騎士の女だ。その矢尻は毒が塗られており、ぬらりと紫色に光っていた。

「女の方は殺すんじゃねえぞ、楽しめなくなる」

「そんなへマするかよ。男もできれば生かしておけよ。動けない男の前で女を犯してやるのが最高にいいんだ」

「相変わらずいい趣味してやがる」

そんなやり取りをしながら、盗賊達は矢を放った。その矢は木々が生い茂る森の中、枝の隙間を抜けて一直線に飛んだ。その弓の腕もさることながら、気配の消し方も相手を見る目も相当なものだった。

……ま、全部俺には聞こえてるんだけどな。

一応彼らの為に言っておくと、会話の声が大きかったわけじゃない。周りの虫さえその鳴き声をやませないくらいに気配は完全に消していたし、それに気付いたのも俺とフランだけだ。落ち度があったとしたら、俺達を狙ったってことだけだな。

一閃、二閃、三閃。剣を抜こうともしない俺の隣で、閃光が三度走った。それはリリィが振るう剣のきらめきだ。その剣の腕は鬱蒼とした森の中でもいささかも鈍ることなく、黒く塗られた矢を残らず叩き落とした。寸前まで敵の存在には気付いてなかったってのに、素晴らしい反応速度だ。

迷いの気配はほんの一瞬。盗賊達は俺達の四方を囲むようにしてバラバラに飛び出した。最初に前方に一人が飛び出し、注意を引いたところで後ろから二人。見事な手並みと言っていい。

「剣を捨てな！」

髭面と傷持ちはフランとテレーズにそれぞれ剣を突きつけながら叫んだ。

「この嬢ちゃん達に一生残る傷をつけたかねぇだろう？」

脅すつもりなのか、傷持ちは浅くテレーズの首を切り裂こうと刃を滑らせる。テレーズは不思議そうな表情で、とぷんとその刃を己の首に取り込んだ。

「これ、なんですか？　サーナとリリィも、同じようなの持ってますよね」

「なっ、なんだこいつ⁉」

剣を首に突き刺しながら平気でしゃべるテレーズに驚き、傷持ちは剣を遠ざけた。その瞬間を見逃さず、リリィの剣が閃き傷持ちの剣を跳ね上げる。

「おー」

感嘆の声を上げ、テレーズは宙を舞う剣を掴んだ。その肩の上を貫くようにしてリリィは剣を傷持ちに突きつける。

「ま、まて！　人質はもう一人いるってことを……」

「誰に断って我に触れておる、下郎」

肩を掴み剣を喉に当てる髭面に、フランは低い声で唸った。

「うるせえ、お前らは自分の立場がわかってねえのか⁉」

ぐっと喉に剣を押し当て、髭面は叫んだ。その態度にフランの柳眉が逆立つ。

「貴様こそ、自分が何をしているのかわかっておらんのであろう。この白痴めが」

俺やリリィには気さくに接するフランだが、元々竜なんてもんは気位が高い生き物だ。万物の霊長、世界最強の生物の呼び名は伊達ではない。本来人間なんてものは虫くらいにしか思っていない。

フランの身体は見る間に膨れ上がり、彼女は周りの木をべきべきと折り倒しながら本来の姿を取り戻した。

「さあ、もう一度言うてみるがいい。……立場がなんだと？」

その濃厚な滅びの気配に、森のあらゆる生き物達が一斉に逃げ出す。凄まじい数の鳥達が空を覆い尽くし、獣達は草を食むものも肉を喰らうものも揃って尻尾を巻き、虫達も声を潜め葉の陰に隠れた。

髭面と傷持ちはぽかんと口を開いた間の抜けた表情でフランを見上げた。

「う、うろたえるな！　こんなもん、幻影に決まってる！」

眼帯をつけた男が弓を構え、矢を放つ。矢が弦に弾かれ、弓から離れたところで俺はそれを握って止めた。こんなチャチな矢じゃあフランの鱗にはかすり傷一つつけられないが、だからって妻を守らない理由にはならない。

「い、いつの間に⁉」

眼帯が目を見開き、俺を見つめた。やめろ、男に見つめられたって嬉しくもなんともねえ。

「愚か者め……！」

攻撃されたことに激昂し、フランの口の端から炎が漏れる。彼女は躊躇(ためら)いもなく、眼帯に向かって吐息を吹いた。森の中で炎を吹くなんて本来なら自殺行為だ。

しかし、火竜のブレスは炎なんて生易しいものじゃない。岩を溶かすほどの高熱は、木々を瞬時に炭化させ延焼すら許さない。

「おいおい、フラン。俺も巻き込んでるぞ」

「サーナであれば傷一つつかぬであろう。……しかし何故そやつまで守った？」

俺の腕の先にいる眼帯を睨み、フランはそう言った。

ブレスが吹き荒れた後、俺の周囲の地面は赤くぐずぐずに溶けていた。ごぽごぽと沸き立つ溶岩となった地面に本能的に恐怖を感じたのか、テレーズが表情を歪ませたので冷気で地面を冷やして落ち着かせる。

眼帯はというと、俺に胸ぐらを掴まれ宙にぶら下げられながら、表情を真っ青にしてその光景にガクガクと身体を震わせていた。髭面と傷持ちも似たような感じで、剣を取り落としている。仲間を見捨てて逃げないとはなかなか感心な奴らだ。

「ちょっと聞きたいことがあってな。おい、お前」

「へ、ひゃい！」

眼帯は妙な声を出した。あんまり期待できないかもしれないな、と思いつつ俺はそいつに尋ねた。

「女はいるか？」


「しっかしお前らも酔狂だな。たった三人で盗賊なんかやってんのか」

俺は酒を呷り、肉を頬張りながら言った。三人の盗賊達の住処は意外と大きな館で、男三人で暮らしているにしてはまあまあ片付いていた。

「へぇ、元々は百人を超える大盗賊団だったんですがね。頭が盗賊を辞めて以来散り散りになって、残ったのは俺ら三人だけなんでさ」

眼帯……名前を聞いたが、男の名前なんか覚えられない……が、スープを運びながらそう言った。

「お前達は気配の消し方といい、剣の腕といい、なかなかのものだ。盗賊など辞めて真っ当に働けばいいだろう」

リリィが俺の隣でワイングラスを傾けながらそう言うと、盗賊達は微妙な表情になった。

「これでも腕に自信はあったんですけどね……いや、世界は本当広いっすね」

髭面がしみじみと呟く。

「今更堅気になんか戻れやしません。街に行けばこれですよ」

眼帯が自分の首を切るジェスチャーをしてみせた。

「とはいっても、見過ごすわけにはいかん。これ以上悪事を働くというなら」

「いやっ、もうしません！　真面目に働きますから！」

剣を抜きかけるリリィに、傷持ちが慌てて手を振った。リリィも真面目というか馬鹿正直というか。引っ立てるなり無視するなりしてしまえばいいのに、彼らのその言葉を真っ向から信じて処遇に困っているようだった。女もいないという話だし、正直俺はどっちでもいい。

フランとテレーズの二人も同じような意見らしく、今は食事に専念している。女もいないというのにわざわざこの盗賊達を生かしてやったのは、この館と食料の為だ。次の街に向かうのに森を一気に抜けるつもりだったんだが、一日で抜けるにはちょっとばかり深い森だった。

まあそれならそれで野営をして森の中での情事ってのも悪くはないんだが、ベッドがあるならある方がいいに決まってる。というわけでお邪魔したのだった。出てくる酒も料理も携帯食とは比べ物にならないほど美味いし、見逃してやっても……

ああ、一つだけ言っておかないとな。

「お前ら、盗賊稼業はどうでもいいけどな。美女が来たら襲うなよ」

「へぇ、そりゃ勿論ですが……お知り合いが通る予定で？」

「いや、この世界の美女は全員俺のもんだからな。手を出したら全身バラバラにしてやる」

何言ってんだこいつ、と思ってそう答えると、盗賊どもは揃って俺と似たような表情を浮かべた。

つまり、何言ってんだこいつ、と言わんばかりの顔だ。

「あー……ちなみに本気で言ってるからな、気をつけろ」

フォローするようにリリィがそう言った。

「一応、彼氏や旦那のいる女にはなるべく手を出さないようにしてるっつの。まあ俺が我慢してるんだから、お前らも手を出したらやっぱり殺す」

釘を刺す為に、俺はちょっと本気で殺気を放ってみた。途端に眼帯と傷持ちはガクガクと震えてぶんぶんと首を縦に振り、比較的近くにいた髭面は腰を抜かしてへたり込む。

「さて、そんじゃ俺らは今からヤるから、ちょっとお前ら外でてろ」

「え、ここは俺らの」

「馬鹿野郎っ！」

傷持ちの言葉を遮って眼帯が怒鳴り、髭面を引きずるようにして館を出ていく。

「じゃあ、ごゆっくり！」

「おう」

俺は鷹揚に彼らを見送ると、その気配がちゃんと遠ざかっていくのを確認して、三人の妻達とベッドに飛び込んだ。

2

「はー……今頃俺達のアジトで、あの上玉三人とヤってんのかなあ……」

傷持ちがため息と共に呟く。

「まあ、そうなんだろうな……ただでさえあんだけの上玉と……くそ、羨ましいどころの話じゃねえな」

髭面が消沈した様子で答えた。

「なんとか一人くらい回してもらえねえかな。あの騎士さんと竜はともかくとして、青い髪のお嬢ちゃんくらいなら」

「やめとけ。あの嬢ちゃんも人間じゃねえ……それ以上にあの旦那を敵に回すのはやべえ」

諦めきれない様子でボヤく傷持ちを、眼帯が諫めた。

「赤い髪の嬢ちゃんが竜に変身したときゃあ、これ以上恐ろしい思いをすることなんて一生ねえと思ったもんだけどな。まさか一時間も経たねえうちにもっと怖い思いをするたあな……」

脅しは十分に効いてるようだ。三人の間に沈黙が降りた。

「で、どうすんだよ。真面目に働くったって」

思い出したようにぽつりと呟く傷持ちの言葉に、二人は答えることができない。

「……とりあえず態度改めたふりして飯と宿を提供して、いなくなるまで待つしかねえか」

「だな」

考えあぐねた末に言う眼帯の言葉に、三人は頷き合ったようだった。ま、俺としても別にそれで構わねえけどな。

「しかしそうなると食料が足んねえな」

「……お。ちょうどあそこに鴨がいるぜ」

んん？

「おい、そこの……姉ちゃん、いや、兄ちゃんか？　命が惜しかったら身包み置いてきな」

早速盗賊稼業に身をやつしてるのはいいとして。

あいつら、誰と話してるんだ？

「持ってるもんを全部置いていけば、命だけは」

眼帯が言ったその時。剣が閃く気配がして、俺は目をぱちりと開けた。

「死んだかな」

「……どうした、サーナ？」

呟く俺に、怪訝そうな表情でリリィが尋ねた。

「……あー、くそ」

俺は露わになったそのおっぱいをぎゅっと鷲掴みにすると、三回くらい感触を楽しんでから言った。

「服着ろ」

「えっ⁉」

リリィは驚きに目を見開く。起き上がり、服を着始める俺の腕に彼女は縋りついた。

「待ってくれ！　私に何か」

その言葉を唇で塞ぐ。まったく、こいつは二重の意味で馬鹿だな。まあそこが可愛いところでもあるんだが。

「敵だ」

端的にそう言うと、リリィの顔はすぐさま女から戦士のそれへと変わった。

「強いのか」

こちらはすぐに衣服を具現化させ、険しい表情でフランが尋ねる。

「多分な。二人を頼んだ」

俺は剣を蹴り上げ肩に担ぐと、窓の外に飛び降りた。

「待たせたな」

そいつは金の髪を長く伸ばした男だった。女みたいに美形だが、この俺が男女を間違うわけがない。三人の盗賊を縛った縄を持ち、左手に剣を構えている。自然な立ち方だが恐ろしく隙がない。

「お前が、盗賊の頭か」

「そいつは勘違いだ」

俺は剣を掲げて答えた。その時にはもう男は俺の目前へと迫り、刃は俺の掲げた剣に当たって止まる。速いな。それに、重い。

「だが、今盗賊の館から出てきただろう」

首筋。喉。フェイントを挟んで、心臓。会話を交わしながらも男は風のような速度で剣を振るった。

「あー、ちょっとベッドを借りてただけだ。眠かったんでな」

俺はそれをいなしながら、どう答えたものか悩んだ。美女なら幾らでも口説き文句が湧いて出るんだが、男が相手となるとちょっとばかり頭が働かない。

「嘘を……つくな！」

一際鋭い突きが俺を襲う。これはちょっといなしきれないな。男の一撃に俺の剣は弾かれ、くるくると宙を舞う。男はまるで磁石のようにピタリと俺の喉元に剣を突きつけた。

「観念しろ。命まで奪う気はない」

どうやら盗賊達も死んではいないようだ。この男は正真正銘、悪い奴じゃないんだろう。つまり、困った状況だってことだ。

「だから盗賊じゃないって言ってるだろ」

俺はタイミングを見計らって後ろに飛んだ。男の剣は蛇のように伸び、すぐさま俺の後を追う。その剣を、空から落ちた俺の剣が弾き落とした。

「な……！」

予期せぬ一撃に剣を下げる男の顎を俺は思いっきり蹴り上げた。そうしても剣を落とさないところは流石と言う他ない。剣を拾おうとする俺の手を切り落とすように男は剣を横に振るが、俺が剣を地面から引き抜く方が一瞬早い。

金属音がけたたましく鳴り響き、火花が散った。

「おいおい、寝てる子がいるんだから騒音は勘弁してくれよ」

ちなみにテレーズのことだ。

「戯れ言を……今のような幸運が続くと思うな」

血の混じった唾を吐き捨て、男は剣を構え直す。腕はいいがどうにも頭が固い男みたいだな。才能の割に経験が浅いのかもしれない。

「今のは狙ってやったんだぜ。お前さん童貞か？」

軽口を叩くと凄まじい殺気が襲ってきた。処女かどうかはすぐ見分けられるんだが、童貞かどうかは見分けられないし、見分けたいとも思わない。美形だからそんなことはないだろうと思って言ったんだが、もしかしたら本当に童貞だったんだろうか。そうだとしたら悪いことをした。

「いや、でもほら、お前さんの、顔だったら、すぐ、女くらい、できるって！」

一段と鋭さを増す刃の嵐をかわしながら俺は説得に努めた。

「貴様はどれだけ私を愚弄する気だ！」

怒りに顔を紅潮させながらも、男の剣は冷静で鋭く澱みない。無傷で無力化するのはちょっと難しそうだった。それにしてもいい剣使ってんなこいつ。俺のもそれなりの業物だと思うんだが、さっきの一合で中ほどに小さな亀裂が入っていた。

並大抵の攻撃ならともかく、この男の攻撃を受ければ中ほどからぽっきりいくだろう、多分。それに対して男の剣には刃こぼれ一つない。俺は頬スレスレの空間を刺し貫く剣を眺めながらその芸術品のような出来に感心した。

そして男自身の力量も大したもんだ。剣にまったく見劣りしていない。刀身がくるりと返され、刃が俺の頭を目の辺りから両断しようとするのをしゃがんでかわしながら俺はどうしたものかと思案を巡らせた。

殺す気はないとか抜かしたくせに、さっきから男の攻撃はどれもこれも一撃必殺の急所狙いばっかりだ。それでいて反撃する隙も殆どない。一方的な攻撃をかわしながら、俺はだんだん腹が立ってきた。

こっちは折角の妻達との憩いの時間を割いてまで相手して、しかもできれば殺さないようにと考えてやってるのに、コイツはこっちを端から盗賊と断じて殺そうとしている。男相手にどうしてここまで考えてやらなきゃいけないのか。

やめだやめだ。ちょっと痛い目見てもらおう。男の剣をギリギリでかわし、その切っ先に額をぴたりとつける。前髪が数本飛び、額の中心に冷たい感覚が走った。

一見俺を追い詰めているかのような構図だが、喉と違って額はそう簡単には貫けない。男の腕は伸びきっているから、一旦戻さなきゃいけない。戻る腕に合わせて、俺は右腕を振るった。完全に呼吸を合わせたから、受けることもかわすこともできないタイミングの一撃。

それを、男は頭を下げて易々とかわした。

「な」

「申し訳ありませんッ!」

必中のはずの攻撃をかわされて目を見開く俺に、男はそのまま剣を地面に突きたて、地面に両手をついた。

「よもやこれほどの腕を持つ人間が、盗賊ごときに身をやつすはずもない……突然切りかかった無礼、平に御容赦を……!」

「え、あー……いや、まあ、わかりゃいいんだよ」

俺は拍子抜けしながら、剣を鞘に納めた。同時に、自分がやろうとしていたことに気付いてほっと安堵する。

久々にやりがいのある相手に知らず知らずのうちに腕には力が篭もっていた。軽くはたくつもりだったが、当たりどころによっては死んでたかもしれない。避けてくれてよかった、と俺は今更ながら手のひらに汗をかいた。

「その盗賊どもは俺が館から追い出した連中だ。好きにしな。じゃあ俺は連れを中に待たせてるんで、これで……」

踵(きびす)を返そうとする俺の腕を、男が掴んだ。

「私の名はエヴァン。私より強い人に、初めて会いました。失礼を承知で申し上げる。どうか私に、剣を教えてください！」

真摯な目で、エヴァンと名乗った男は真っ直ぐ俺の瞳を見た。その目にはただ上を目指したいというだけではない、何か深い事情があるのだろうと思わせる熱意が込められていた。

「……お前の気持ちはわかった」

エヴァンはぱあっと表情を輝かせ、頭を下げた。

「ありがとうございま」

その後頭部に、俺は鞘ごと剣を振り下ろす。エヴァンはばたりとその場に倒れた。

「けどめんどくせえ、却下な」

さて面倒ごとは片付いた、早速続きといくか。俺はエヴァンを適当に物陰に放置し、ウキウキしながら妻達のもとへと向かった。

3

「待たせたな」

「サーナにしては梃子(てこ)摺ったようだな」

俺が部屋に戻ると、不安そうな表情をしたリリィとフラン、そして気持ちよさそうにすやすやと寝るテレーズが出迎えてくれた。

「ああ、なかなか強い奴だった。剣にヒビが入っちまった」

俺は鞘ごとベルトから剣を引き抜くと、壁に立てかけた。折れかけてるから研いだりしても無意味だ。買い直すか、打ち直すか……どっちにしろこの剣はもう使い物にならない。

「サーナ、怪我してるじゃないか！」

リリィが俺の額の傷に気付き、目を丸くした。指で触ってみると、僅かにぬるりとした感触があった。

「かすり傷もいいとこだけどな」

心配そうに眉を寄せる彼女に笑いかけながら、軽く撫でてやるだけで傷は消える。

「よほどの強敵だったわけか。まさかこんなところで出会うとはな」

確かに。フランより強いんじゃねえかな、と思ったが俺は口には出さなかった。誇り高い竜のプライドをわざわざ傷つけてやることはない。それが俺の女なら尚更だ。

「じゃあ、今からすぐに……」

どこか慌てたような表情で言うリリィに、俺は頷く。

「テレーズを起こして準備しておいてくれ。俺は軽く身体を洗ってくる」

「わかった！」

流血沙汰にはなってないが、多少真剣に動いたので汗もかいた。不衛生な状態で女を抱く気はないからな。気の利いたことにこの館には浴室があったので、軽く湯を浴びて戻るとリリィは荷物を纏め、鎧をつけ剣を帯びた完全武装状態だった。

「準備はできたぞ、サーナ」

まるで忠犬のように報告する彼女に、俺はちょっと面食らった。

「……なかなか斬新なプレイだな」

「斬新？」

小首をかしげる彼女を、俺はベッドに押し倒す。

そしてその両手を押さえつけながら、唇を塞いだ。彼女の唇を貪るようについばみながら舌で口を割り開き、舌を吸うとリリィの身体からふっと力が抜ける。

「サーナ、何を……んぅっ」

俺はキスを続けながら彼女の鎧の留め具をぱちぱちと外していく。抱きしめキスしながら鎧を外すのは実はなかなかに力も技術も必要なんだが、自慢じゃないがこの俺は、こと女を脱がすことにかけてはちょっとしたものだ。あっという間に鎧を外し、下につけていたキルトをずらし、下着を露出させる。

ショーツをずらし、秘部に指を這わすとそこはもうぐしょぐしょだった。

「なんだ、キスだけでそんなに感じちまったのか？」

「いやぁ……なんで、こんな……」

とろんとした目で、それでも俺を非難するような視線をリリィは投げかける。辺りに散らばった鎧といい、半脱ぎにさせた衣服といい、まるでレイプしているかのような感覚に俺は興奮した。

「なんでって、お前のここが俺のを欲しがってるからだろ？」

リリィのスリットに俺の剛直を押し当てると、そこは物欲しげにひくひくと蠢いた。

「やめて、あぁ……そんな、駄目……だって……敵が……」

明らかに発情しながらも、リリィは頑なに俺を拒む。態度的には全然拒めてないが、たまにはこういうのも悪くないな。

「駄目か。やめた方がいいか？」

俺の問いに、リリィは少し迷いながらもこくりと頷く。

「けど却下だ」

「ふぁあぁぁぁぁぁっ！」

俺がずんと彼女の中に突き入れると、リリィは気持ちよさそうに高く鳴いた。

いる。

「だめぇ……っ、だめだってばぁん……だ、めぇぇ」

だめだめと繰り返しながらも、その声は甘く蕩け、両腕と両脚はがっしりと俺の身体に回されている。

「そんなこと言って、俺のコレが欲しくてたまらないんだろ？　ほら、正直に言ってみろよ」

「ふぁっ、はぁぁあん！　だめえ、なか、こすっちゃ、だめぇぇぇ！」

腰の角度を変えて膣壁を擦り上げてやると、リリィはよだれを垂らし、たまらなくいやらしい表情でうわごとのように叫んだ。もう自分でも何が駄目なのかわからなくなっているに違いない。

「じゃあ、中に出すぞ！　膣内にたっぷり精子出して、俺の子を孕ませてやる！」

「だ、めぇぇぇ！　あかちゃん、まだ、だめなのぉぉ！」

言葉とは裏腹にリリィはぎゅっと俺を抱きしめる手足に力を込め、更に膣口もきゅぅっと窄まり俺の物を締め付けた。

「駄目だ、出すぞ……！」

俺はぐっと力を込め、彼女の膣奥に二度、三度と突き入れながら欲望を解き放った。

「あぁ……はぁぁぁぁ……」

ゆっくりと手足の力を抜いていきながら、リリィは長く息を吐いてそれを受け止める。放心し、ぐったりとする彼女から離れると俺の一物はすぐさまひんやりとした柔らかく気持ちいい感触に包まれた。

股間の方に目をやると、俺の一物をテレーズがその口にぱくりと咥えていた。

「サーナ、言われた通り、しっかり準備しておいたぞ……」

横から声をかけられて目をやると、フランが欲情しきった瞳でねっとりと俺を見つめていた。衣服は全て脱ぎ去り、その股間からは愛液が白い太ももを伝い落ちている。

俺はテレーズのフェラを受けたままフランを抱き寄せ、口付ける。そして一つ気になっていたことを尋ねた。

「なんでリリィは鎧なんてつけてたんだ？」

「準備しろ、というのを出立の準備と勘違いしたらしいぞ」

なるほど、生真面目な彼女らしい勘違いだ。

「まあどちらかというと非常識なのは、強敵との戦闘直後にまぐわう準備をせよと指示するサーナの方だとは思うがな……」

「出てく前までしてたことの続きをするのは当たり前だろ？」

それに、フランには正しく伝わっているんだから問題ないはずだ。俺がそう言うと、フランは鈴が転がるような声でくすくすと笑った。

「流石と言う他ないな。さあ、ちゃんと準備したのだから、可愛がっておくれ、我が夫殿よ」

「ああ、テレーズ、お前は後でな」

「えぇ～」

テレーズの口から下半身を引き抜くと、彼女は飴を取られた子供のように顔をしかめた。

「次にたっぷり飲ませてやるから」

「はぁいっ」

そう言うと、にっこり笑って彼女は機嫌を直す。

「さあお姫様、どんな風に貫かれたい？」

「……後ろから犯してくれ」

そう言って、フランはベッドの上に四つん這いになるとふりふりと尻を振ってみせた。その背には小さな翼がちょこんと生え、尻からは細く長い尻尾がにょっきりと生えている。

「ああ、たっぷり犯してやるよ。獣のようにな」

「あぁっ……」

そのきゅっと小さな尻を抱えるようにして掴み、突き入れるとフランは恥ずかしげに震えた。

「どうだ？　男に屈服させられ、自ら愛液を垂れ流し、従属し、犯される気分は？」

「あぁ、そんな風に言わないで……」

竜は誇り高く、強靭な肉体を持ち、人間よりも高い叡智を誇る種族だ。最強の名をほしいままにする彼女は、潜在的に己よりも強い存在というのに憧れを抱いていたらしい。俺とのセックスに慣れてきた彼女は最近、こうして後ろから攻められるのを好むようになってきた。

「誇り高い竜が、ただの地を這う獣のように尻を突き出して犯されて喜んでるのか？」

俺は彼女の尻尾を腕で抱きしめるようにして撫でながら囁いた。こうすると、彼女は嫌でも己が竜であることを意識せざるを得ない。それゆえか最近はわざと尻尾と翼を人の身に生やして俺を誘惑してくる。いけない竜だ。

「あぁぁ……違う、違うのぉ……」

泣きそうな声とは裏腹に、彼女の秘所からは愛液が溢れ、膣口はきゅうきゅうと締め付ける。とんだドMドラゴンだ。

「こんな格好で人間の男の精液を子宮一杯に受けて穢されて喜ぶなんて、まるで犬だな。お前はドラゴンじゃない、俺のメス犬だ」

「あぁぁぁぁ……いやぁ……」

首をいやいやと振りながらも、フランは尻を俺の股間に押し付ける。普段の尊大で余裕のある彼女からは想像もつかない姿だ。こういうのがあるから、セックスはやめられない。

「ほら、言ってみな。たっぷり穢して欲しい俺のメス犬だって」

「うぅぅ……」

快楽と矜持がせめぎ合い、フランは唸るように声を上げる。しかしそのせめぎ合いは葛藤ではない。ただの快楽を更に引き出す為の種火だ。

「わたし、はぁ……っ、さーな、のぉ……めすいぬ、ですぅ……たくさん、精液注いでぇぇぇ！」

「よく言った……じゃあ望み通り、たっぷり穢してやるっ！」

ぐいっと尻尾を引っ張りながら、俺は彼女の奥にどくどくと射精した。フランは舌を突き出し、本当に犬のように高く鳴き声を上げながらそれを受け止める。

「ほら、フラン。後始末が残ってるぞ」

ぐったりと力を抜き、ベッドに倒れこみそうになる彼女の目の前に硬さを失わないままの一物を突き出す。すると彼女はよろよろと四つん這いのまま身体を持ち上げると、俺の物を口だけで舐め上げ、綺麗に清めた。

「いい子だ」

そう言って頭を撫でてやると、フランは幸せそうに笑う。俺が思っている以上に、竜であることというのは気を張って疲れることなのかもしれない。快楽に身を任せ、俺の犬になっている時の彼女はいつもと違って表情も柔らかく、この上なく幸せそうだった。

「さて、待たせたな」

「はいっ、たくさん待ちました！」

テレーズに向き直ると、彼女は既にぽいぽいと衣服を脱ぎ捨てて全裸になっていた。彼女は精霊だからか、羞恥心というものがまったくない。街中でも平気で裸で歩こうとするのをリリィが止めてなんとか服を着せていた。

「サーナのせーえき、とってもおいしいからたくさん飲みたいです」

にっこり笑ってそんなことを言う。彼女の素晴らしい点は、俺を喜ばせようとか媚びを売ろうってんじゃなく、心の底から本気で言ってるところだ。

「ああ、たっぷり飲ませてやるよ」

「ほんとですか？　わたしが倍になるくらい？」

「……いや、それは流石に無理だ」

水の精霊である彼女は、水分を摂取すると一時的に大きくなる。精液でもその分体積は増えるんだろうが、幾ら俺が絶倫だからって限度ってもんがある。そこでふと俺は一つ思いつき、テーブルの上に置いてある水差しを呼び寄せ、テレーズの胸にとぽとぽと振りかけた。

「なんですか？」

彼女の乳房はみるみる水分を吸い込み、元々巨乳だった胸は更に膨れ上がって爆乳と呼ぶに相応しい質量を備えるに至った。素晴らしい、圧倒的なボリュームだ。

それでいてまったく垂れず崩れることもなく、理想的な形を保っているのが素晴らしい。この世界を支える精霊の凄さというものを、俺はまざまざと思い知らされた。

「この胸で俺のを挟んで……そう、それで先っぽを吸い上げてくれ」

「こう……れふか？」

その爆乳に俺の一物を挟み込み、更に先端をテレーズの可愛いお口で愛撫してもらう。むにゅむにゅした柔らかい感触が俺のモノ全体を包み込み、彼女の舌が鈴口をちろちろと舐め上げるその快楽は、筆舌に尽くし難いものだった。

「ああっ、いいぞ、最高だ、テレーズ……で、あとは手でこう……」

彼女の両胸を手で支え、むにむにと俺の物を圧迫してみせると、彼女はその上から手を添えてそれを真似た。これは勿論自慢だが、俺の一物はかなりの大きさだ。しかし、それを包み込んでなお余りあるテレーズの爆乳と、彼女の舌に愛撫される快楽、そして両手に伝わってくるえもいわれぬ柔らかさに、俺はあっという間に達した。

「おいしぃです……」

それを顔中に浴び、ぺろぺろと舐め取りながら恍惚としてテレーズは言った。顔や髪にかかった分もすぐに彼女の白い肌にしみこみ、その透き通るような白さに更に輝きが増したように見える。

「サーナ、今度はこっちにもください」

彼女は俺をベッドに押し倒すと、返事も待たず己の秘所に俺の物を押し込んだ。彼女のそこは濡れているというより、まるでゼリーのようにとろとろになっていた。そのとろとろの膣内が俺の物を咥え込むと、柔らかい弾力を備えたままぎゅうっと締め付けてくるのだ。

今まで抱いたどの女とも違う形の快楽に、俺は夢中になって彼女の中を掻き回す。

「あぁんっ、さーな、もっと、もっとしてくださいぃっ」

それに合わせるように腰を振りたくりながら、とんでもなくエロい表情でテレーズは俺に吸い付いた。無邪気に精を求めてきていた彼女だが、魂を手に入れた影響からか最近はどんどんエロくなってきている。

「んっ、ちゅ、ぅぅん……サーナの、おいしい……」

俺の舌を貪り、彼女は甘い吐息を吐く。精液ほどではないにせよ、俺の唾液なんかも彼女にとっては美味しいものらしい。

「ほら、もっと美味しいものを……出すぞ……！」

ずんと突き上げ、俺はテレーズの弱いところを擦り上げた。彼女の膣口がきゅっと締まり、代わりに表情が欲望に溶ける。

「うん、ちょうだい……サーナの、せーえき、たくさんください……！」

「ああ……たくさん、飲め……！」

「はぁぁぁぁ……！」

彼女の奥で精を解き放つと、テレーズは頬を薔薇色に染めて幸せそうに微笑んだ。奥に射精されながらも彼女は更に腰を振って俺の物を扱き、一滴たりとも残さないというように精を搾り取る。

「やぁん、もっと、もっとちょうだい……」

俺が出しきっても、彼女はわがままを言う子供のようにそうねだりながら腰を動かす。その首を、猫の子のようにフランが掴み持ち上げた。

「見ておったぞ。一人だけ二回も出してもらっておいて更にねだるとは」

「正妻は私なんだから、あと二回はしてもらわないと」

そう言って、妖艶にリリィが俺の腕に抱きつく。

「じゃあ、そろそろ三人纏めていくか」

なんで人間にはチンコ三本生えていないんだろうな。不思議で仕方ないが、生えていたらいたで気持ち悪い気もするので諦める。

フランとテレーズに口での奉仕をお願いして、俺は正妻ことリリィを抱き寄せた。

「ん……んん……」

甘く鼻を鳴らしてそれを受け入れ、舌を絡めてくる彼女の背中を軽く撫でながら、俺はもう片方の手で彼女の秘所を撫でた。愛液と精液の入り混じった液体でぐちょぐちょに濡れているそこに指を差し入れ、中を軽く擦ってやるとそれだけで彼女はびくびくと身体を震わせる。

「随分敏感になってるな。その状態でこれを入れたら、どうなるかな？」

「ふ、ぁ……や、まっ、て……」

「待たない」

俺は彼女の身体を持ち上げ、腰の上に降ろした。ぬるぬるの膣内に、一気に奥まで突き入れる。

「あぁぁぁぁっ‼」

悲鳴のような声を上げ、リリィは背中を反らして身体を震わせた。そんな彼女を揺らしながら、俺はフランとテレーズを手招きして呼び寄せ、両腕にそれぞれすっぽりと抱え込む。

「ん……ふ、サーナぁ……」

切なげに俺を呼ぶフランにキスしてやり、

「あ、ふぁ……それ、きもちいーです」

テレーズの乳首をちろちろと舐め上げる。

「二人とも、ちょっと胸を寄せて」

俺はテレーズとフランを抱き寄せると、その胸の間に顔を埋めた。四つの乳房に挟まれながら、目の前に二人の乳首を突き合わせるように持ってくると、それを舌で愛撫しながら彼女達の可愛らしい尻に手を回す。

「サ、サーナ、これ、結構、はずかし……んんっ！」

フランの抗議を、俺は彼女の膣内に指を入れて遮った。

「あぁ、それ、いいですぅ……」

テレーズの方はといえば、俺の指をきゅんきゅんと締め付けながら腰を振り、俺の唇に胸をぎゅうぎゅうと押し付けてくる。恥ずかしがるフランと積極的なテレーズの反応を楽しみながら、俺は腰を動かしてリリィを攻めた。

両手、舌、腰をそれぞれ別々に動かすのはなかなか難しい。しかしそこは努力と訓練の賜物だ。俺はそれぞれそれを自由自在に別の生き物のように動かすことができた。これは二刀流とか魔術を使いながら剣を振ることなんかにも応用できるが、それはあくまで副次的効果に過ぎない。

「あぁぁぁっ、だめ、だめぇぇっ！　イっ、ちゃ、うううぅぅ！」

「サーナ、ああぁっ、そんな、指で、はぁぁぁっ！」

「サーナ、もっとぉ、もっとくださいぃっ、それ、すきぃ！」

極上の楽器のように素晴らしい音色を立てる三人の美女に囲まれながら、俺はリリィの中に精を解き放った。


「結局、朝になったか……」

股間から白い液体を溢れさせながらベッドに横たわる三人の妻を眺めつつ、俺は窓から差し込む朝日に目を細めた。しどけないその姿を見ていると俺の欲望はむくむくと膨れ上がり寝ている間に悪戯したい気分になるが、やらなければならないことがあるので我慢する。

「お待ちしておりました」

服を着て館の外に出ると、昨日の男が地面に正座したまま俺を出迎えた。

エ……なんつったっけ、コイツ。男の名前なんか覚える気になれないので、思い出せない。

「俺の楽しみを邪魔しなかったのは褒めてやるけどな……」

「は。師匠の邪魔はいたしません」

男は折り目正しくそう言った。

「師匠なんかする気はねぇ。昨日もそう言っただろ」

あれ、言う前に気絶させたんだっけか？

「でしたら、それはそれで構いません」

意外なことに、男はそう言った。

「師匠についていき、その腕を見ることで技を盗ませていただきます」

「盗むだと？」

男は慌てた様子で後ろを振り返り、驚いた表情で俺を見つめた。

「そんな、いつの間に……？」

目の前で話していたはずの俺が、一瞬にして背後に回ったことに流石に驚きを隠せない様子だ。

「盗めるか、これが」

意地悪く、俺は言ってやった。タネを明かせば単に無印、無詠唱で転移の術を使っただけなんだが、意外とこれをできる奴はいない。俺も戦闘中に使えるほどじゃないから、女と話しててどうしても相手のおっぱいを揉みたくなった時くらいにしか使えない術だ。

「……いずれは」

しかし男は諦めることなく、俺を見つめた。

「男に見つめられても嬉しかねえ。今後はやめろ」

俺はそう吐き捨てた。

「では！」

めんどくさいが、ここでもう一回気絶させても何度でも追ってくる気がする。

「名前なんだっけ、お前」

「エヴァンと申します！」

喜色満面の笑みを浮かべ、エヴァンはそう言った。

「じゃあ、ついてくるなら勝手についてこい。俺の女に手を出したら殺すからな」

「女には興味ありません！」

本気の殺気を叩きつけてやると、エヴァンは更に笑みを深めてそう言った。俺はエヴァンから神速で距離をとった。

「お前、まさか」

「え？　……い、いえ、そういう意味じゃ！　あくまで修行中の身であるので女にうつつを抜かしている暇はないという意味であってですね！」

顔を真っ赤にしてエヴァンは言い訳を始めたが、その慌てっぷりが逆に怪しい。俺に初めて、貞操の危機というものが訪れたのかもしれなかった。

登場人物紹介

CHARACTERS

サド、マド、バード

盗賊その一〜三。それぞれ眼帯、髭面、傷持ち。なんとか逃げ出したものの、盗賊稼業を辞めてどうするか考えあぐねた挙句、かつての頭を訪ねて共に農業に精を出す。

エヴァン

ある目的の為に武者修行中、初めて自分より強い相手に出会い押しかけ弟子に。実際ホモかどうかは現在のところ不明。

サーナ

今回は美女に出会うこともなく、妙な男達に絡まれて大分やさぐれていたが三人の妻に（性的な意味で）慰めてもらいどうにか気分を回復させる。

偉業8　霊泉アムリタの探求

1

　右を見ても白。左を見ても白。前を見ても、後ろを見ても、上も下も、おまけに吐く息までが真っ白だ。これが女の子の下着の話だったらよかったんだが、残念ながら俺がいるのは高く険しい雪山の真っ只中。更に残念なことに、エヴァンの奴と男二人での道中だった。

　ザクザクと音を立てながら雪を掻き分け、俺は無造作に剣を横に振るう。襲い掛かってきたスノー・ウルフが一匹切り裂かれて白い雪に赤い血を散らすが、それは瞬く間に降り注ぐ雪によって死体ごと隠されていく。

　目の前も見えないほどに降り注ぐ雪と風は、防御結界どころか毛皮のコートも突き抜けて身体を冷やす。手の先はもう殆ど感覚がなく、俺は雪の中をひたすら無心で歩いていた。

「ゴオアアアアアア！」

　突然目の前にずどんと衝撃が走り、威嚇の声が響いた。どこからともなく現れたのはイエティだった。真っ白な毛に覆われたサルみたいな奴で、身長は三メートルもあるんだがアッチの方は意外と小さい。圧勝だったことを覚えている。

しかしコイツは結構強い。その巨体から繰り出される攻撃も勿論だが、ごわごわした毛に覆われた身体は強靭な筋肉で覆われていて、生半可な攻撃はまったく通じない。その上雪の上を苦もなくすいすいと歩き回り、真っ白だから見失いやすい。

唯一の弱点は火なんだが、常時氷竜のブレスに吹き曝しのような山の上じゃあ火竜のブレスすら役に立たない。雪山限定の強敵なのだ。

なので俺はザクザクとそのまま歩を進め、イエティの足の間をくぐり抜けた。

「グオ……？　ガアアアア！」

「おい、気をつけろよ」

通り過ぎる俺を一瞬不審げに見つめ、無視されたことに気付いたイエティは激昂して腕を振り上げる。

「血が俺にかかるだろ」

そしてそのまま、ずるりと上半身が横にずれて滑り落ちた。数瞬遅れ、下半身の方も地面にどうと倒れ伏す。

「申し訳ありません、師匠！」

こんな雪の中だというのに、背後から返ってくるエヴァンの声は元気一杯だ。イエティを一刀で切り捨てるとは、コイツも大概だな。とりあえず奴が生きてるらしいことは確認して、俺は山の中を進んでいく。

こんなことになったのは、勿論わけがあった。

数時間前のこと。森を出た俺達は、ぽつんと存在した小屋に世話になっていた。この辺は田舎なのか、街が殆ど見当たらない。

「……駄目だな」

少女の額に手のひらを当て、俺は舌打ちした。黒髪の幼い彼女は大量の汗をかき、ぺっとりとその額に髪を貼り付けていた。恐らくもう数年すれば美少女に成長するであろう、可愛らしい女の子だ。残念ながら俺の守備範囲からはちょぃとばかり外れるんだが、それ以前に苦しそうな息をする彼女にどうこうする気は起きなかった。

「……そうですか」

目を伏せ残念そうに呟くのは、彼女の母親。美少女の親だけあって、こちらも目の覚めるような美女だ。ニエべと名乗った彼女は、山のふもとの小屋に親子二人でひっそりと暮らしていた。

「サーナでも治せないのか……死者すら蘇生できるというのに」

意外そうに、リリィが呟く。そういえば、彼女にはそんな芸当も見せてた気がするな。

「この子の病気は生まれつきのものだ。俺にはどうにもならない」

病気というより体質だろうか。この子の身体は元々こうできていて、それが正常なんだ。それを作り替えるのは、流石の俺にもちょぃとばかり手に余ることだった。

「私の術でも無理なようです」

エヴァンが力なく呟く。こいつも剣だけじゃなく、回復から攻撃まで魔術も一通り扱えるらしい。器用な奴だ。

「ありがとうございました。……それでも少しは楽になったようです。これで十分……」

「おっと、そうはいかねえ」

身体を折って頭を下げるニエベの言葉を俺は遮った。

「美女は絶対に見捨てないってのが俺の信条なんだ。それが未来の美女であってもな」

「そうは言っても、サーナの魔術でもどうにもならぬものを、いかにするのだ？」

「この子、大分弱ってますよー？」

少女にぴっとりと貼り付くようにして、テレーズが表情を曇らせる。俺は彼女の頭を撫でてやりながら言った。

「病気は治せない。が、病気に負けない身体にしてやることはできる。要はこの子に、体力をつけさせてやればいいんだ。ユニコーンの角だとか、エリクシルとか、そういうのがありゃいい」

フランとリリィは揃って呆れた表情を浮かべた。テレーズはよくわかっていないようでこてんと小首をかしげる。エヴァンは「なるほど……！」とか感心した風に声を上げて手帳になにやらペンを走らせていた。

「サーナ、我の記憶が確かならば、それはどちらも不老不死の薬ではないのか？　確かに不老不死ともなれば、病気くらい治りもしようが……そう簡単に手に入るものでもなかろう」

「そうでもないぞ。エリクシルは前持ってたし……使いきっちまったけど」

まあそう簡単に手に入るものではないのは確かだ。

「……言い伝えではありますが……そのようなものであれば、聞いたことがあります」

おずおずと、ニエベは躊躇いがちにそう口を開いた。

「あの霊峰の頂上に、いかなる病も傷も治す水の湧く霊泉があると」

そう言って彼女が指す山は、その頂上に辿り着いた人間など殆どいないであろう、真っ白に雪を被った高く険しい山だった。

「よし、んじゃちょっと行ってみるか」

「お待ちください！　そこまでしていただくわけには……あの山は神の住む山と言われております。人の身で登れるものではありません」

俺に縋りつくようにして止めるニエベの頭を、俺は微笑みかけて撫でてやった。

「言ったろ？　俺は美女を絶対に見捨てたりしない。あんたのことだってそうなんだ。きっとその霊水を持って帰るから、待っててくれよ」

「さっさと行くぞ」

ニエベを口説く俺の頬を、リリィがぐいっと引っ張った。不機嫌そうではあるものの別に痛くはない辺り、正妻としてのポーズというか甘える仕草の一種なんだろう。

「ああ、それなんだけど、お前達は今回は留守番な」

「ええ～」

「どういうことだ？」

俺の言葉にテレーズが不満げな声を上げ、フランが鋭い視線を俺に向けた。

「どういうことも何も、見ての通り目的地は深い雪山だ。そんなところに水霊だの、火竜だのを連れていけるわけないだろ」

テレーズは凍りつきかねないし、フランだって辛いはずだ。仮に耐えられたとしてもそれはそれで雪が緩んで大きな雪崩がおきかねない。

「それなら仕方ないな。今回は私とサーナだけで……」

「残念だけどお前も留守番だよ、リリィ」

「何故だ⁉」

どうにも全員、自然の脅威ってのをナメてるようだ。

「アンティカは温暖な地域だし、雪山登山なんかしたことないだろ。危ないから待ってろ」

竜だの悪魔だのより強いのは、いつだって『この世界』だ。前にエルフを送っていった砂漠なんかもそうだが、過酷な自然環境ってのは俺でも侮れるものじゃない。

「私は経験があります。ついていってもよろしいでしょうか、師匠」

「好きにしろ」

男は正直どうでもいい。それにこいつなら、自分の身ぐらい自分でなんとかするだろ。

そんなわけで、俺はエヴァンの奴と二人で雪山を登ることになっていた。その道中の厳しさに、リリィ達を連れてこなくてよかったと思う反面、男二人で黙々と山を登る不毛さにうんざりとする。この辺に美女いねえかな……いるわけねえか。

「師匠、あそこに光が」

エヴァンが前方を指差して言ったのは、そんなことを考えている時だった。


「こんなものしかありませんが……」

そう言って差し出されたのは、ひんやりとしたスープだった。具材も殆ど入っていないそれをぐいと飲み干し、俺は長く息を吐いた。すると室内だというのに息は白く立ち上る。冷製スープは身体を暖めるどころか、更に芯から凍えさせるかのようだった。

「いや、実に美味い」

しかし俺は、心の底からそう言った。理由はごくごく単純、これが美女による手料理だからだ。

「美しい人に作ってもらえるだけで、こんなにも飯は美味くなるんだなあ」

俺がそう言って笑うと、美女……ルーミは恥ずかしそうに微笑んだ。

エヴァンが見つけたのは、ルーミが住んでいるこの小屋の光だった。人魂（ウィル・オ・ザ・ウィスプ）にでも騙されるんじゃないかと足を踏み入れた俺達を出迎えてくれた彼女は、真っ白な肌に黒い髪のこの世のものとは思えない美人だった。

彼女は快く俺達を小屋に迎え、火を焚き、食事まで振る舞ってくれたのだ。

「そ、その、なんでこの、スープは、こんなにも冷たいのですか」

俺の隣で、エヴァンがガチガチと歯の根を鳴らしている。骨があるかと思えば、存外だらしない奴だ。

「そりゃあれだ、ここは標高が高いからな。湯の温度は殆ど上がんないんだよ。だから熱々のスープなんて作れないんだ」

何を馬鹿なことを言ってんだこいつは、と呆れながら俺は説明し、ルーミはそれに頷いた。

「……その、火を、もう少し焚いてはいただけませんか」

エヴァンの言葉に、俺はパチパチと爆ぜる暖炉の火に目をやる。火を焚いているというのに、部屋の中は異様に寒かった。コートも結界も手離すことができないほどだ。とはいえ、風がない分外よりはよほどマシといえる。

「お前案外図々しいな。こんなところに住んでいるんだ、薪は節約してもしすぎるってことはないだろうが」

「いいんですよ」

ルーミはにっこりと微笑み、薪を暖炉に放り込んだ。火の勢いが強くなるが、暖かくなった感じはしない。まあ、すぐ温まるもんじゃないしな。

「……そもそもなんでこんなところに」

言いかけるエヴァンの頭を俺は軽く小突く。

「押しかけておいて、あんまり根掘り葉掘り聞くなよ。事情があるに決まってるだろ」

よほどの事情がなきゃ、こんな雪山の真っ只中に居を構えるわけがない。それをわざわざ問い質すとは無粋にも程がある。そんなだから童貞なんだな、こいつは。案の定聞かれたくはなかったらしく、ルーミは微笑んで言葉を濁した。

食事をご馳走になった後、俺達は早々に床につくことにした。勿論、女からベッドを奪うようなこともできないし、滅多に来客のないこの小屋にベッドが二つ以上あるはずもなく、俺達は床に雑魚寝だ。

そして俺がうとうととしかけた頃、彼女はやってきた。ひんやりとした感覚に目を開けると、目に飛び込んできたのは雪のように白い肌。すらりと細い肢体と、それとは対照的に豊満な乳房。そしてそれを覆う長く黒いつややかな髪が、俺の上に覆いかぶさっていた。

「……はしたない女と思わないでくださいね」

「思わないさ」

俺は彼女を抱き寄せながら答える。

「でもまあ、終わった後でいいから」

俺はちらりと横に目をやり、エヴァンを見た。

「あいつ解凍してやってくれな」

ウィンクして笑いかけると、ルーミは驚いたように目を見開いた。

2

「いつから……気付いていたんですか」

ルーミの瞳が赤く光り、俺の顔を覗き込んだ。その目を見つめ返してやりたいところだが、俺の視線はついつい彼女の豊かな胸元へと向かってしまう。俺に覆いかぶさる体勢になった彼女の乳房は、重力に素直に従って綺麗な紡錘形にぶら下がっていた。

染み一つない真っ白なその双丘の先端には淡いピンクの蕾が慎ましく、しかし声高にその存在を主張していて、俺の視線を強引に奪う。触れてみればひんやりと柔らかく、揉みこめば自由自在にその形を変える、まさしく特上のおっぱいだ。

「あの、聞いていますか」

戸惑ったような彼女の声に我に返ると、いつの間にか俺の両手はルーミのおっぱいをこれでもかというほど揉みしだいていた。こねくり回す、とでも言った方が正しいかもしれない。しかしこの手触りのよさの前には仕方ないことだ。まさに魔性のおっぱいと言えよう。

「ああ、ごめんごめん。見た時から気付いてたよ」

俺は更にそのおっぱいの魔性を確かめるべく、首を伸ばしてその先端を口に含みながら答えた。

「ん、ぅ……そんな、何故……」

その谷間に顔を埋め、マシュマロのような柔らかさを存分に堪能する。肌はすべすべで俺の肌に吸い付くかのようにもっちりとしていて、その谷間に一生住んでもいいとさえ思えるかのような魅力を備えていた。これは、他の部分も調査せねばなるまい。

「何故、私を、雪女と知ってなお……」

呟く彼女の腰に腕を回し、俺は彼女の身体を引き寄せた。腰は折れそうなほどに細いくせに、それを支える尻はむっちりとデカい。その尻の胸とはまた違った柔らかさを楽しみながら徐々に指を股間へと這わせていくと、そこは既にびっしょりと濡れていた。

「エロい身体だな」

彼女の身体は相変わらずひんやりとしていて、猛る俺の身体に心地よい。俺は彼女の両脚を開いてやると、一気にそこに突き入れた。

「うぅっ⁉」

そして、思わず声を上げた。

「愚かな……人の身で私を無理に抱けば、その身体も魂も全て凍りつく。私の腕の中で夢を見ながら、死になさい」

ルーミを俺をぎゅっと抱きしめ、そう囁いた。

「こんな美女に抱かれて死ぬんなら本望だな。……だけど、それじゃあルーミ、君はイったことないってことか」

微笑みかけてやると、ルーミはまたしても目を見開いた。クールなようで、結構くるくる表情が変わる子だな。

「何故凍りつかないのですか……⁉」

「君への愛で熱く燃えているからだよ」

俺は彼女の耳元で囁き、その奥に突き入れた。ひんやりとした感触が、俺の息子を柔らかく包む。体温の低い女は結構いるが、膣内まで冷たい女ってのは流石に初めての体験だった。冷っこくむにむにした中を出し入れするのは、新感覚の気持ちよさだ。

「そんな、馬鹿な……あぁっ、話が……」

俺は彼女をぎゅっと抱きしめると、そのまま上半身を持ち上げた。騎乗位に近い体勢から対面座位に移行した形になる。俺は彼女の尻と背中に腕を回すと、そのまま腰の上でずんずんと揺らす。向こうから襲ってきた割には、彼女は攻められるのを好むとその動きから察知したからだ。

「ほら、これがいいんだろ？」

「あぁっ、そんな、こんなの、あぁぁっ！」

腰を引きながら彼女の身体を腕で持ち上げ、腕の力を抜くと共に彼女の奥に腰を打ち付ける。ルーミは両手両脚を俺の身体に回してしがみつきながら、表情を蕩けさせて喘ぎ声を上げた。

「人間の男に感じさせられるのは初めてか？」

「あぁぁぁぁ、なんで、なんでこおらないのぉ……！」

切なげに眉を寄せ、ルーミは泣きそうな声で言った。そういえば、耐寒の魔術はまだ効いたままだ。それがなければ彼女の身体を抱きしめるのは、氷の柱を抱くのよりも辛いことかもしれない。

流石の俺も、そこまで寒いとチンコが萎むかもな。

「だめぇ、こんな……熱い、あついのぉ……！」

と思ったが、それはありえないことだとすぐに考え直した。ルーミの方にも火がついてきたらしく、彼女はうわごとのように呟きながら俺の上で腰を振っていた。こんなにエロい美女に迫られて、俺の息子が硬くならないわけがない。それこそ、雪山の真っ只中であろうともだ。

「ああ、今夜は雪を全部溶かすくらい熱い夜にしてやるよ。まずは一発目……出すぞッ！」

「だめぇ、溶けちゃう、溶けちゃううううぅ！」

俺はルーミの腰をがっしりと掴むと、動きを加速させた。ひんやりとした感触が俺の両頬を包んだかと思うと、目の前が真っ白な肌と真っ黒な瞳に覆われ、柔らかい感触が唇を包んだ。それと同時に、すぐさまぬめぬめとした柔らかい舌が俺の口の中に入り込んでくる。

その不意打ちの一撃に俺は耐えられず、腰から一気に欲望を解き放った。ルーミは全身で俺にしがみつき、舌をいやらしく俺の舌に絡めながら、きゅっと膣口を締め上げて精液を受け止める。

「ふ、あぁ……」

俺が最後の一滴まで彼女の中に注ぎ込むと、ルーミはうつろな表情で銀の糸を口元から引きながら、ゆっくりと顔を離した。そして、そっと自分の腹を撫でる。

「……この中に、出されたのは初めてです……ふぁっ⁉」

そんな可愛いことを言うもんだから、出しきって少し萎え気味になっていた俺の剛直は、彼女の中で瞬く間に硬度を取り戻した。

「な、なんでまた大きく……」

「まずは一発目、って言っただろ?」

そんな彼女に俺は笑って言った。

「夜は長いんだ。たっぷり、楽しもうぜ」

恐怖と期待と快楽に、ルーミは身体を奮わせた。

「おはようございます!」

翌日。元気一杯挨拶するエヴァンに俺は辟易した。一晩氷付けにされていたってのに、こいつはやたら元気だ。

「いやあ、やっぱり雪山登山は大変ですね。大分疲れていたようです。こんな寒いところで眠れるのかと思いましたがまるで死んだように眠ってしまいました」

実際死んでたんだよ。仮死だけどな。

「そりゃよかった」

俺はおざなりに返事をしつつ、ルーミの身体を気遣った。彼女はぐったりとしながらも、それを隠しながら俺達を見送ってくれていた。

「……その、悪かったな。あんまり可愛かったもんだから」

「黙ってください」

うっすらと涙を目に浮かべ、彼女は答えた。朝まで抜かずに十連続は流石にキツかったらしい。しかし、そんな可愛く答えられるとまた押し倒したくなっちまうだろうが。

「……昨晩のことは、誰にも話してはなりません。いいですね」

「わかったわかった」

ぽんぽんと彼女の頭を撫で、俺は請け負う。言われなくてもわざわざ情事を他人に漏らすような馬鹿なマネはしない。こういうのはお互いの胸に秘めてこそだもんな。

「じゃ、またな」

「まことにありがとうございました」

折り目正しく頭を下げるエヴァンを連れ、俺達は頂上を再び目指し始める。

「しかし、打って変わっていい天気ですね」

空を見上げながら、エヴァンが言った。吹雪だった昨日とは違い、風も雪もなく、頭上には雲一つない青空が広がっていた。それでも十分気温は低いが、歩きやすさは段違いだ。

「そうだな。天気が変わる前に、とっとと頂上を目指すとするか」

普通なら道を急ぐなんてのは死への近道以外の何物でもないんだが、まあコイツなら大丈夫だろう。俺は頂上へと向きを変えると、切り立った崖を蹴り付けるように片足を壁面につけた。そのまま意識を集中しつつ、もう片方の足も崖につける。

すると、辺りの景色がくるりと九十度回転して崖は地面になった。そのまま俺は壁面をすたすたと歩いていく。こいつは見た目は地味なんだが、実は結構集中力を使う術だ。セックスしながらだとちょっと難しいかもしれない。

さて、エヴァンの奴はどうするかな。と後ろを振り返ると、呆然と俺を見上げていた奴はきりっと表情を引き締め、跳躍した。そのまま崖のほんの僅かな取っ掛かりを蹴りつけ、ぴょんぴょんと跳んであっという間に俺を追い越し登っていく。山羊かこいつは。

「人間離れした動きすんなあ。お前ここが雪山だってわかってんのか？」

「師匠にだけは言われたくありません」

三十メートルほど登りきると、荒く肩で息をしながらエヴァンは答える。登山用の重装備であれだけの動きをすれば流石にこいつも疲れるらしい。

「で、ここが頂上か」

ぐるりと周りを見渡すと、遮るものが何一つない、雄大な光景が広がっていた。三百六十度どちらを見ても、遥か彼方まで見通すことができる。こんな光景を見せればどんな女も一発で落ちるだろうな。

「……素晴らしい光景ですね、師匠」

問題は、こんなところまでついてこれるのがコイツくらいだってことくらいか。俺は感慨深げに呟くエヴァンにため息をついた。

「しかし、霊泉は見当たりませんね」

霊泉ともなればそう簡単に凍ったり雪に埋もれたりはしないはずなんだが、目の前にはただただ白い雪がカーペットのように敷き詰められているだけだった。

「やはり、言い伝えは言い伝えに過ぎなかったのでしょうか？」

「……いや」

俺はなにやら覚えのある感覚を捉え、頂上の中心付近に手をついた。目を閉じ、意識を集中する。

「……この奥、なんかあるな」

「え？」

俺は無造作にそれを引っこ抜く。引っこ抜くといっても、物理的なもんじゃない。魔術的な封印か何かだ。その途端、大量の水が溢れ出た。

「わぁっ⁉」

ごぼごぼと溢れ出る水にエヴァンが悲鳴を上げる。しかし、こんな場所に湧き出たというのにその水は凍りつくどころか、冷たくさえなっていなかった。間違いない、これが霊泉だ。そして、同時に俺はこの感覚をどこで得たのかを思い出していた。

「あーッ！　また、またあんた⁉」

美女の声を忘れないのは俺の自慢の一つだ。聞き覚えのある声に、健康的な太ももを思い出しながら俺は振り向き朗らかに手を振って答えた。

「よう、久しぶり。相変わらずいい女だな、ラニ」

3

「な、なんであんたがここにいるわけ⁉」

「それはこっちの台詞なんだけどな」

どうやら俺を追いかけてきてくれたわけじゃないらしい。

「まあ運命って奴なんじゃないか？　こんなところで再会するなんてそうそうないぞ」

「……そうかも、しれない」

とりあえず口説いてみると、ラニは意外にもぽつりとそう返した。これはいけるか？　と思ったのも束の間、彼女は凶相を浮かべ俺を睨みつけ、ニィっと口の端を吊り上げた。

「ここであんたを殺す運命ってことね！」

そして巨大な火炎球を手のひらに生み出すと、背中の翼で宙を舞いながら俺に向かってそれを投げつけてきた。随分熱い愛情表現だな。

「おいおい、こんなところで火なんか放つなよ。雪崩が起こるぞ？」

「そんなの、あたしの知ったことじゃないもん」

胸を張ってラニはそう言い張った。ったく、悪魔のくせにいちいち言動が可愛いんだよな、こいつは。しかし、その可愛らしさとは裏腹にそのまま投げ放たれる火球はちょいとばかり厄介だ。なにせ相手は宙を自在に舞い、こちらの頭上から一方的に攻撃できる。

俺は足元の雪を掬い取ってぎゅっと握り締めると、火球に向かって投げ放った。雪球と接触した火球は、空中で爆発する。

「生意気な……なら、これでどう⁉」

形のいい眉をきゅっと吊り上げ、ラニはくるりと腕を回すと無数の火球を生み出した。一発一発はさっきのものより小ぶりだが、数はかなり多く撃ち落とすのは難しそうだ。

「やめろっ！」

「嫌よ。……死んじゃえ」

俺の制止も聞かず、彼女は一気に火球を放つ。俺は舌打ちして彼女の目の前へと転移した。火球が俺の身体を焼き焦がし、肉の焼ける嫌な匂いと共に強烈な痛みが俺の背中を襲った。流石に悪魔の攻撃をモロに受けると痛ぇな。

「……なんで」

目を見開き、ラニは俺の顔を呆然と見つめた。

「何故、その悪魔を庇うのですか……師匠！」

ラニに向かって剣を突き出すエヴァン。その剣を受け止めながら、俺はラニの火球を背に受けていた。ただでさえ炎ってのは光が出て辺りが見難くなるってのに、視界を埋め尽くすほど出せば誰だってその隙をつく。俺が止めてなければ、エヴァンの剣はラニのその可愛い首を、豊満なおっぱいと泣き別れさせていたのは確実だった。

「決まってんだろ……美女は世界の宝だからだよっ！」

剣を片手で押さえながら俺はもう片方の手で衝撃波を放ち、エヴァンを地面に叩き落としてやる。俺も鳥じゃないから空は飛べない。そのまま山頂に降り立った。

「なんで、あんたは……あたしを馬鹿にしてるの⁉」

一方、助けてやったというのにラニはお怒りのようだった。もしかしたら生理中なのかもしれない。血が出るのは別に構わないが、生理中にセックスすると感染症の危険性が飛躍的に増大するのがいただけない。女の身体は大事にしないとな。

「ん？　……悪魔って生理あるのか？」

「ぶっ殺す！」

ふとした疑問を尋ねてみると、ラニの怒りは最高潮に達したようだった。女の怒りってのはいつだって理不尽だ。まあ、それに応えてやるのも男の甲斐性って奴か。

「あー、今は、やめといた方がいい」

だが、ちょいとばかり今の俺には余裕がなかった。ラニに焼かれた傷がずきずきと痛み、右手には殆ど握力がない。

「ちょっと守りきれるか自信がない。協力してくれるんならそれでもいいが、そういうわけにはいかないだろうから逃げた方がいいぜ。じゃなきゃ、あいつ俺を殺した後にお前を殺す」

殺気をみなぎらせ、剣を構えるエヴァンにはまったく隙がない。見たことはないが、こいつはそれなりの魔術も使うはずだ。背に傷を負い、俺に攻撃してくるラニを守りながら相手にするにはかなりしんどい相手だ。

「……」

エヴァンは俺に攻撃するつもりはなく、俺はラニに攻撃するつもりはない。ラニは俺もエヴァンも殺す気だろうが、俺のことを信じてないから反撃を恐れてどちらも攻撃できない。ある種の三つ巴に俺達は陥り、互いに睨みあったまま動きを止めた。

「……いいわ。今日のところは見逃してあげる。でも、命を助けて貸しを作ったなどと思わないことね」

そう言い残し、ラニは姿を消した。以前使った転移とは違い、完璧に痕跡も消して探知できない消え方だ。……結局あいつはなんだったんだろうな。

「師匠、お怪我を」

「いやいい、さわんな。ちょうどいいもんがあるし」

俺は足元に湧く霊泉を手で掬い、喉に流し込んだ。ひんやりとした感覚が体内を駆け抜け、あっという間に傷が治る。こりゃすげぇ、聞きしに勝る効力だ。ついでに炎でボロボロになった服を魔術で直せば、内も外もすっかり元通りになった。

「……何故、悪魔を庇ったのですか。人に似た姿をしていようと、奴らはその実は数百年を生きている化け物。女ですらありません。人類共通の敵、すべからく滅ぼすべき存在です」

淡々と諭すように、エヴァンは俺にそう説いた。昔なんか悪魔に酷い目にでもあわされたんだろうか？　例えば、男淫魔に後ろの初めてを奪われたとか……うん、それなら全部滅ぼそうと考えても無理はないな。

「は？」

「勝手なこと言うな、俺が人類じゃねぇとでも言いたいのか？」

俺がそう答えると、エヴァンは間抜けな声を上げて俺を見つめた。だから男に見つめられても嬉しかねぇって言ってんだろ。

「お前が悪魔を敵だと思うのは勝手だ、好きにすりゃいい。だが、それを他人に押し付けんじゃねえよ。それとも人類全員に聞いて回ったのか？　だとしたら、俺のトコ忘れてるぜ。俺は悪魔を無条件に敵だと思ったことなんざねーしそれを他人に強いようとも思わねぇ。お前がしたいことがあんなら、お前の甲斐性と裁量の範囲で勝手にやれよ。人類どうこう抜かすな」

半分以上はラニとのセックスを邪魔された腹いせで適当にそう言ってやると、何か思うところでもあったのかエヴァンは黙り、考え込んだ。難しい表情で眉を寄せる奴を無視し、俺はさっさと霊泉の水を汲み上げ、皮袋に入れる。

「うし、そんじゃ帰るぞ。お前はまたここで凍っていくのか?」

「いえ! お供します」

一応声をかけてやると、エヴァンは弾かれたように顔を上げ、俺の横に並んだ。

「ところで、また凍っていくとはどういう」

「喋ってないでとっとと降りるぞ」

危ない危ない。ルーミに口止めされてたんだった。俺はエヴァンにぞんざいにそう言い残し、崖から飛び降りた。

「……よし、持ち直したな」

霊泉の水を持ち帰ってニエベの娘に飲ませると、赤く染まっていた彼女の顔色は落ち着き、荒かった呼吸は穏やかに落ち着いた。

「よかった……」

俺がいない間ずっと看病していて情も移ったのだろう。リリィは嬉しそうに表情をほころばせた。

「……本当に、ありがとうございました」

それに対し、ニエベの表情はまだ不安そうだ。ずっと娘を蝕んでいた病魔がなくなることを、にわかには信じられないのかもしれない。

「これでようやく旅を再開できるな」

言葉そのものは不満げだったが、そう言うフランの表情も随分と明るい。彼女も彼女なりに心配してくれていたんだろう。

「今日はもう日が暮れます。どうぞ、こちらでもう一泊していってください。お礼と呼べるほどの物はありませんが、精一杯おもてなしさせていただきます」

「ああ、お礼はしてもらわないとな」

ウキウキして言う俺をリリィとフランは何か言いたげに見つめたが、諦めたようにため息をついた。テレーズだけはよくわかってないのか、いつものようにニコニコ……して、いなかった。彼女はいつになく真剣な表情で、ニエベの娘……ラプラを見つめていた。

「どうした？　テレーズ」

ニエベが食事の支度をする為に台所に消えたのを見計らい、俺は彼女に尋ねた。テレーズは少し悲しそうな表情で、俺にそっと囁く。

「サーナ、この子……」

彼女が告げた事実は、俺を驚かすに足るものだった。

その日の深夜。皆が床についた後、俺は客室から抜け出すとラプラの部屋へと向かう。そっと扉を開けて身を滑り込ませると、部屋の中ではニエベがじっと我が子を見つめていた。そんな彼女に、俺は小声で声をかける。

「よ、こんばんは」

「……こんばんは」

挨拶を返す彼女の眼差しにあるのは、不安や心配ではない。テレーズにラプラの身体の状態を聞いた後でならわかる。それは、絶対的な諦めだった。

彼女は知っているのだ。霊水の力をもってしても、ラプラがもう助からないことを。

「『お礼』ってのを貰いに来たぜ」

「……わかりました。では、私の部屋へ」

椅子から立ち上がり、部屋を出ていこうとする彼女の腕を俺はぎゅっと掴む。

「別にここでいいだろ。よく寝てる、起きはしないさ」

「そんな……いけません……!」

抗う彼女の身体を抱き寄せ、唇を奪う。しばらく彼女は抵抗したが、力では俺にかなわないと悟ったのかやがて力を抜いた。

「ん……ふ、ぅ……」

舌と舌を絡め合い、彼女の口内を蹂躙しながら俺は彼女の服の隙間に手を差し入れた。少し控えめではあるものの、どこまでも柔らかくすべすべとした彼女のおっぱいをゆっくりと優しく揉みしだく。

「は、ぁ……」

ニエベの表情がとろりと溶け、彼女は艶かしく息を吐いた。空いた左腕でぐっと腰を抱き寄せ、そのまま尻を撫でると彼女は甘えるように俺の脚に太ももを擦り付けてくる。ちゅ、ちゅ、と軽く音を立てながら俺は彼女の頬から首筋にキスを落とし、鎖骨に沿って舌を這わせながら、彼女の服の前面についているボタンをプチプチと外した。

「あぁ……」

目に痛いほどの白い肌と、その双丘が露わになってニエベは恥ずかしげに声を上げた。彼女の膨らみの先端にある二つの蕾は、既に固く屹立していて妖艶に俺を誘っている。勿論その誘いを断る手などあろうはずもなく、俺は彼女の右胸に吸い付いた。

「あぁんっ……」

一際高く声を上げて反応し、反射的に身体を引く彼女を抱き寄せながら、俺は右手で残る左胸の愛撫を開始する。ゆっくりとその柔らかな肉の塊を指の形に歪ませながら、徐々に中心へと近づきつつもその先端にはけして触れない。

「あぁ……サーナ、様……」

切なげに眉を寄せ、ニエベは俺を呼んだ。上気した頬に黒く細い髪が走り、俺を見つめて求める様はなんとも色っぽい。俺は彼女の要求に答え、きゅっとその乳首をつまみあげてやる。

「あはぁぁっ！」

「おいおい、あんまり声を上げるとラプラが起きるぞ」

「……っ！」

耳元で囁きながら彼女の耳に舌を這わせてやると、ニエベは固く口を結んでぎゅっと目をつぶった。快楽に耐え、身を硬くする彼女の表情は俺の嗜虐心を弥が上にも煽った。

柔らかく触り心地のいいおっぱいから右手を鋼の意思をもって引き剥がすと、スカートの裾の中に手を差し込み、これまたむっちりと柔らかい彼女の太ももに手を這わせる。それを拒むようにぎゅっと寄せられる内ももに優しく力をかけてやると、ニエベはゆっくりと膝を開いた。

スカートの裾をするすると捲り上げ、ゆっくりと白い太ももを露出させながら俺の指は彼女の中心へと近づいていく。しっとりと湿った彼女の下着をずらして指を潜り込ませると、ひんやりとした彼女の肌の中で、そこだけは火傷しそうに熱かった。

「もうこんなに濡れてるな……」

「……っふ、ぅ……！」

わざとくちゅくちゅと音を立てながら耳元で囁いてやると、ニエベは口を固く結んだまま声を漏らし、身体を震わせた。

「これを咥えてな」

俺はそう言って、彼女の口元にスカートの端を持っていく。言われるがままに彼女がそれを咥えるのを確認して、俺はニエベの脚から下着を抜き去った。

真っ白な腹とぷるぷると震える小さな尻、そしてそこから伸びる美味しそうな太ももに、その間にある黒い茂み……そして、ぽたぽたと愛液を滴らせる秘裂までが、俺の目の前に露わになった。

そして、スカートを咥えてたくし上げ、それを曝け出しているのは彼女自身の口。

一枚の絵画にして永久に保存したいほど、美しく淫靡な光景だった。

「そのまま、そこに手をつくんだ」

俺はその光景を心ゆくまで楽しむと、壁を指差して命じた。ニエベは戸惑いの表情を浮かべたが、抵抗しても無駄だと悟っているのか、それとも別の理由からか、大人しく言われた通りにそこに手をついた。

その壁の手前にはベッドがあり、そこには彼女の愛娘であるラプラが眠っている。自然、ニエベはラプラの顔を見下ろしながら、俺に向かって尻を突き出す格好になる。しかもスカートは依然として彼女が咥え、自ら局部を曝け出したままだ。

「いくぞ……」

俺は彼女の形のいい尻を撫でると、腰を抱えるようにしていきり立った剛直を突き入れた。

「……ふ、ぅ……！」

「声を……上げるなよ……」

娘の上で犯されることに背徳的な悦びを感じているのか、一突きする度に彼女の蜜壺からは露が溢れ出し、太ももを伝って垂れ落ちる。中は大量の愛液でぬるぬるになっていて、殆ど抵抗なく動かすことができた。

「んっ、ぅ、く、ぅ……」

切なげに眉を引き絞りながら、ニエベは必死にスカートを噛み締め、身体を反らし、声を押し殺す。そうすればそうするほど彼女のスカートは引き上げられ、その白い肌を俺に晒してくれた。

「そうそう、雪山での話なんだけどな」

俺は彼女の胸に手を伸ばし、揉みしだきながら腰を彼女の尻に密着させた。そのまま俺も身体を前に倒し、彼女の身体を抱きしめながらぐりぐりと腰を押し付ける。こうするとニエベは俺の身体も支えざるを得ず、殆ど動くことができない。手を離せばそのままラプラの身体に落ちるから、それも不可能だ。

「雪女に会ったんだ」

俺がそう言った瞬間、部屋の温度が一気に下がった気がした。

「食事をご馳走になって、一泊して、ついでに一発ヤらせてもらって……いや、雪女ってのは最高だな。他にもいるんなら是非会いたいもんだ」

くるりと顔をこちらへ向け、ニエベは俺を睨みつけた。黒かった瞳は、赤く染まっている。口は相変わらずスカートを咥えているせいで使えないようだったが、代わりにその目は雄弁に語っていた。『何故喋った』と。

去り際に、ルーミは誰にも話してはならない、と言った。それは多分、雪女の掟か何かなのだろう。そしてこういう場合、その禁を破った者の末路はただ一つ。……死だ。

「そんな目で見るなよ。女ってのは……笑ってる顔と、感じてる顔が一番可愛いんだぜ？」

俺はぐりぐりと彼女の胎内を肉槍で抉る。雪女っていっても、イエティみたいな馬鹿力を持っているわけでもなければ、ラニみたいに強力な魔術が使えるわけでもない。ましてや、雪山の中ですらないこんな場所じゃ人間と大差ない。

既に彼女は俺の身体を押しのけることもできず、ただ犯されるしかない状態に陥っていた。

「あんたは純粋な雪女じゃないんだろ？　だから、俺も全然気付かなかった。……多分、人間とのハーフか何かだ」

ずんずんと突き上げながら、俺はニエベに囁く。胎内まで全部冷たかったルーミと違って、彼女の中は人間同様温かい。それだけでも、彼女が純粋な雪女ではないと知れた。

「ま、セックスの最中にそんな話は無粋か。続きは終わった後でな」

話を強引に切り上げ、俺は彼女を愛することに専念した。先ほどまでヌルヌルで何の抵抗もなかった膣内は、雪女の話をし始めた辺りからきゅっと緊張に締まり、ちょうどいい締め付け具合になっていた。それでいて愛液は更に溢れ、彼女の尻に腰を打ち付ける度にぴちゃぴちゃと音を立てた。

「ふ、あぁぁっ！」

ついに固く結んでいた口が開き、彼女は声を上げる。咥えていたスカートがぱさりと落ちて、彼女の脚を覆い隠した。しかしそれは、彼女の前面の話だ。後ろは俺が捲り上げていて、その白い尻が完全に露わになっている。

今となっては、前からは隠れている分むしろこちらの方が淫猥ですらあった。俺は彼女の尻をがっちりと掴むと、ラストスパートとばかりに打ち付ける。

「あっ、あっ、あああ、ふあぁぁぁっ！」

ニエベも我を忘れて声を上げ、俺の動きに合わせて腰を振って剛直を受け入れ、貪った。彼女の嬌声と、肉と肉がぶつかり合うパンパンという音が部屋の中に響く。

「出すぞ……！」

「あぁぁぁ、ぅっ、あっ、あっ、あぁっ、あぁぁぁあ！」

ニエベの声が一オクターブ高く上がり、ぎゅっと窄まる膣の奥に俺は精を解き放った。

「っ……！　ふ……ぅ……っ！」

身体をぶるぶると震わせ、声にならない声を上げてニエベは絶頂に至り、精を受け止める。

「……んっ」

彼女の中から少し柔らかくなった肉棒を抜くと、彼女は鼻にかかった声を上げた。これなら大丈夫だろうと判断し、彼女の身体を抱き寄せる。

「……はぁ……はぁ……温……かい……」

荒く息をしながらも、ぽつりと彼女はそう呟いた。

「じゃあやっぱり、ラプラは……生き物でさえ、ないのか」

俺の問いに、ニエベはこくりと頷いた。

「あの子は私が作った雪人形……春が来れば、融け崩れるのが定め」

『あの子、元々生きてません』

それが、テレーズが俺に語った内容だった。生命の根源たる水の精霊がそう言ったのだ。間違いがあろうはずもない。

「でも、ニエベはラプラを愛してるんだろ？」

ニエベはもう一度頷く。

「戯れに……慰みとして作り上げたお人形。最初はそのはずでした」

何も知らない無垢な命。それは、親元を離れたった一人で生きていたニエベにとってなによりの慰めだった。共に過ごすうちにその感情は我が子への愛情へと変わり、やがて彼女は春の訪れを恐れるようになった。

「あの子は強い子です。春を迎え、夏を越え、秋を過ごして、また冬を……一年、生ききりました。でも……」

「これ以上は持たない、か……」

ニエベはルーミの娘なんだろう。いちいち確認はしていないが、多分そうだと思う。そして、人間とのハーフである彼女は雪山で暮らすことはできず、かといって人と交わって生きることもできない。今の世の中は亜人には住みにくい世界だしな。

「霊水ならばあるいは……と思いましたが……」

不老不死、なんてものはこの世にはない。どんなものでも、いつかは滅び去る。古代に世界中を支配し、けして滅びない魔王なんてのもいたって話だが、そいつだって今この世にはいやしないんだ。

エリクシルだのユニコーンの角だのも、強力な万能薬ではあるが、理の定めた寿命を超えることはけしてできない。霊水にできたのは、死の間際の苦しみを少しばかりでも取り払ってやることだけだった。

「それでも、サーナ様には感謝しております。おかげで、あの子は苦しまずにいけるのですから」

覚悟を決めた瞳で微笑むニエベの表情は酷く悲しげで、それゆえに美しかった。

「……じゃ、そろそろやるか」

しかし、俺はそんな顔を認めはしない。ぽんと腰につけた水袋を叩いてやると、そこから半透明の姿がにゅるりと飛び出す。

「おわりましたぁ？」

徐々に身体を白く肌色に染めながら、のんびりした口調で尋ねるのはテレーズだ。事前に、彼女に水袋に潜んでおいてもらっていた。

「ああ。ニエベ、そこに横になってくれるか？」

「え？　え？」

ラプラの寝るベッドを指差し言うと、困惑したようにニエベは俺とテレーズの顔を交互に見た。

俺は彼女の肩に手をかけると、その唇を奪い、言った。

「俺を、信じてくれ」

「……はい」

素直にニエベはベッドの空いたスペースに横たわると、じっと俺の顔を見つめた。その表情には困惑も不安もない。ただ、信頼だけがあった。

「じゃあ、スカートを捲り上げて脚を開いて」

しかしそれも、俺がそう言うまでのことだった。

「……もう一度するんですか？」

失望と軽い怒り、そしてほんの僅かに期待の入り混じった瞳で俺を見るニエベ。そんな目で見ると襲いたくなっちまうだろ。

「違う。いいから言う通りにしてくれ。ちょっと今から本気出す」

俺は精神を集中しながら、ラプラの身体を抱き上げる。彼女の身体はびっくりするほど軽く、冷たかった。

「テレーズ、援護頼むぜ」

「はぁい」

いつも通りのふわふわした笑みを浮かべた彼女が、今は心強い。俺はゆっくりと、両手で印を組みながら呪文の詠唱を始める。フルで行使する魔術なんて使うのは、何年ぶりだろうな。っと、いけね。

俺は雑念を払いながら、魔術の施行に集中する。こんなに集中するのはセックスの時くらいだ。いい女に囲まれながら雑念をなくすってのは至難の業ではあるが、今から使おうとしてる魔術はそれをも超える至難中の至難だ。

俺の額を脂汗が流れ、内臓が引っくり返されたみたいに熱くなる。全身の骨の代わりに焼き鏝が通されたみたいな激痛が俺を襲い、視界はぼやけ滲んだ。

「ラプラ！」

ニエベの悲鳴が上がる。目の前でラプラの姿は徐々に縮み、やがて一塊の新雪へと変じた。

「大丈夫。……じっとしてて」

テレーズが、ラプラを掴もうとするニエベを押し留める。新雪がニエベの身体の中に吸い込まれ、消えたところで俺は魔術を解除した。

「テレーズ」

「うん」

テレーズが頷き、無造作に腕をニエベの秘裂へと差し込む。俺の剛直に比べても相当太い彼女の腕は、しかしあっさりとニエベの中に吸い込まれた。そしてゆっくりと引き抜いたテレーズの手には、小さな赤ん坊が乗っていた。

再び俺は魔術を行使し、激痛に耐えながらもラプラの時間を元に戻す。彼女は瞬く間に成長していくと、すっかり元通りの少女へと戻った。

「……上手く、いったか」

「おつかれさまでした、サーナ」

びっしょりとかいた脂汗を拭いながら、俺は一糸纏わぬラプラに元通り服を着せてやる。その身体は先ほどとは打って変わってずっしりと重く、温かかった。

「一体、何を……？」

「過去の、改竄」

俺にぎゅっと抱きつき、ぺろぺろと汗を舐め取るテレーズのおっぱいに癒されながら、俺は荒く息をついてそう答えた。

「ラプラを、俺と君の子供として『産み直した』。身体だけ雪女の……クォーターか？　四分の三が人間で、残りが雪女。それだけじゃ肉体の構成が足んないんで、ちょっと水霊も混じってるけどごめんな。肉体以外の、記憶とかはそのままだから安心してくれ」

目を見開き、ニエベはそっとラプラの身体を抱き上げる。

「……おかー、さん……？」

ぼんやりと目を開け、ラプラは彼女の名を呼んだ。

絵画にして残すんなら、こっちの方がいいかもしれないな。

頬に涙を伝わせながら我が子を抱きしめるニエベを眺め、俺は柄にもなくそんなことを思った。

4

「しかし、流石に疲れたな……」

ラプラを抱きしめるニエベを眺めながら、俺は大きく息を吐いた。過去の改竄自体は、実はそれほど難しいことじゃない。リリィの傷の回復や蘇生だのは、基本的にこれだ。しかし一年も前の出来事を変えるってのは流石になかなか骨の折れる作業だった。

流石にこの後セックスって気分じゃやねぇな……と思ってごろりとベッドに転がる俺の一物をきゅっと握り締め、テレーズは邪気のない笑みを浮かべて言った。

「サーナ、ご褒美が欲しいです」

マジか……

正直このまま眠ってしまいたいところなんだが、美女からの誘いを断ったとなれば沽券にかかわる。美女の希望は無下（むげ）にしたことがないのが自慢なんだ。

「では、私の部屋で……この子を寝かしつけて、私もすぐ行きますから」

涙を拭い、ラプラをそっとベッドに横たえニエベは俺にこっそりと囁く。

「たくさん、『お礼』をさせてくださいね……?」

そんな風に誘われちゃあ、俺としてもやる気を出さざるを得ない。現金に力を取り戻した愚息を押さえながら、俺はテレーズを抱きかかえてニエベの部屋へと向かった。

ついさっきまで水袋の中に入っていたテレーズはその身に一糸纏わぬ裸体だ。とりあえず俺はニエベが来るまで彼女の身体を堪能することにした。

まずはその豊満なおっぱいに顔を埋めつつ、両手で鷲掴みにした。手のひらに収まりきらないどころか、指がまるごと埋もれてしまいそうな柔らかさと大きさを持ったそれをもにゅんもにゅんと思うさま揉みしだく。

「サーナは本当にわたしのおっぱいが好きですね」

そんな俺の様子を見て嬉しそうに微笑みながら、テレーズは俺の後頭部に腕を回すとぎゅむっと胸に俺の顔を押し付けた。吸い付いてくるようなしっとりとした肌に顔全体が圧迫され、呼吸が苦しくなる。しかしそのまま窒息死しても悔いはないと思えるほどの心地よさだった。

「お待たせしました」

しかし、背後からかけられたニエベの艶っぽい声に俺は考え直し、テレーズの胸から顔を離して空気を貪った。思わず夢中になってたが、十分くらいは無呼吸でおっぱいを堪能していた気がする。

ニエベは俺の視線にふんわりと微笑んで答えると、するりと服を脱いで床に落とした。こんな美女が誘ってるってのに、死んでいくわけにはいかない。右腕にテレーズ、左腕にニエベ。一糸纏わぬ二人の美女を、俺はそれぞれの腕で抱き寄せた。

ほっそりとした身体に腕を回し、それぞれの胸を揉みしだきながら交互にその唇を奪う。文字通りの両手に花を満喫していると、二人の手がそっと俺のいきり立つ剛直へと添えられた。

水の精と雪の精の彼女達の指は熱く滾る一物にひんやりと気持ちよく、しなやかで柔らかく俺の物を包み込んだ。

「んむ……んちゅ……」

「ふ、ぁ……」

俺に胸を揉まれ、口内を蹂躙されて甘い吐息を漏らしながらも、二人の手は淫猥に俺の一物を撫で上げ、擦り上げた。基本的に俺は口や膣の中に出すのが好きだから、手だけでしてもらうことは殆どない。どうせするんなら胸や口でしてもらった方がいい。

今まではそんな風に考えていたが、その考えは改めなければならないということを、俺は二人に思い知らされていた。こすこすと剛直を擦り上げる指は的確に俺の弱いところを刺激し、柔らかい胸や口とはまた違った快楽を引き出していた。

同時に、テレーズとキスすればニエベが、ニエベとキスすればテレーズが物欲しそうな表情で舌を突き出し、ぐいぐいと俺の身体に胸を押し当てて唇をねだる。それに応えると俺の口内を貪り尽くす勢いで舌を絡め、唾液をすすり、甘く吐息を漏らす。

胸に回した俺の手の甲には彼女達のもう片方の手がそっと添えられ、より激しく、より淫らに愛撫しろと言わんばかりに上から力を入れられていた。

「く……そろそろイく……」

玉の方から先端まで絶妙な力加減で撫で擦る二人の愛撫に、俺はあっという間に達しそうになる。

ニエベの手がきゅっと力を強め、擦り上げる速度を速めながら俺の胸に吸い付いた。

「く、ぅ……っ！」

二人の手の中で俺は思い切り射精する。気持ちよくてイったというより、快楽の坩堝（るつぼ）に落とされ無理やり絶頂させられたような感覚。たまにはこういうのも悪くないな、と俺はぼんやり思った。

「あん、勿体ない……」

テレーズは手にかかった精を美味しそうにぺろぺろと舐め、ニエベは身を屈めると献身的に俺の物を舐め清め始める。ラプラを助けたせいか、彼女は随分積極的になっていた。

「サーナ、ちゅーしてください」

言うや否や、テレーズは俺の首に腕を回すと首をこてんと横に倒し、口をOの字に開けて俺の唇に覆いかぶせるかのようにその唇を重ねてきた。彼女の柔らかい舌の感触を楽しんでいると、ニエベは派手にじゅぽじゅぽと音を立てながら俺の物を口で愛撫する。掃除の為のフェラがいつの間にか本気になっていた。

上と下とで美女の舌を味わいながら、テレーズの腰に腕を回して尻を撫で擦る。彼女のそこは胸同様にたっぷりとしたボリュームでどこまでも柔らかく、両手で掴むと指の形にむにむにと形を変えた。

そうする間にもニエベの舌が縦横無尽に俺の物を愛撫する。手で激しく扱き立てながら、精の詰まった袋をじっくりと舐め上げ、竿を甘く食み、カリ首を舌でなぞり、鈴口をちゅうと吸い上げたかと思えば亀頭全体をぱくりと頬張ってくちゅくちゅと唾液を絡めながら喉の奥まで飲み込む。う、上手すぎるだろ……

「待て、そろそろ直接可愛がってやる」

流石に手と口で連続してイカされてしまうのはなんというかプライドにかかわる。俺はテレーズから唇を離すと、少し慌ててそう言った。ニエベはそんな俺の心中を察しているのかいないのか、嬉しそうに微笑んで「はい」と答えた。

「はぁ……」

テレーズはといえば、いつもよりも二割り増しくらいぼんやりした表情で俺を見つめていた。

「随分キスが好きになったみたいだな」

「はい……なんかふわっとしてきもちよくてすきです」

緩い笑顔を見せる彼女は、大分人間に近づいてきた気がする。それが彼女にとって良いことなのか悪いことなのかはわからないが、単純に快楽とかだけじゃなく俺を慕ってくれてきているようで嬉しい。

「もっと気持ちよくしてやるよ」

「はい、たくさん気持ちよくしてください！」

一点の曇りもない天真爛漫な笑顔で、テレーズはベッドの上にころりと転がった。その横にニエベも身を横たえ、二人は片足同士が交差するように大きく脚を広げるとそれぞれ俺に性器を見せ付けるように広げた。

薄い桃色の媚肉が二つ、横に並んでひくひくと蠢く様を俺は感動的でさえある思いで眺めた。人の陰部は使い込めばどうしたって多少は黒ずむ。それはそれでまた淫猥で素晴らしい眺めなのだが、精霊を出自とする二人のそこは男を知らない生娘のように綺麗な桃色をしていた。

ん？　よく考えればニエベは一人でラプラを産んだんだから、実際男を知らなかったんだろうか？　ふとそんな疑問が頭を過ぎるが、俺は先にどちらに硬く滾る我が相棒を突っ込むかに思考の全てを費やした。

かたや、正式に婚姻を結んではいないとはいえ、妻のテレーズ。

かたや、過去を書き換えたとはいえ、俺の子を生んだニエベ。

これは恐ろしいほどの難問だ。

これ以上ないほど思い悩んだ末に、俺はテレーズの脚の間に身体を滑り込ませると、彼女の膣口を貫いた。当然、ニエベの方も寂しい思いをさせるわけにはいかない。彼女の中に指を差し入れ、動きを連動させて可愛がる。

「あ、ふあぁぁんっ」

「ん、うっ……はぁぁ……」

切なげに声を上げる二人の精霊達。俺はテレーズの中を何度か往復すると、肉棒を引き抜いて素早くニエベの中に入れた。

「あぁぁ、さーなぁ」

「あぁっ！　ああ、気持ち、いいです、サーナさまぁ」

泣きそうな表情で眉を寄せ、抗議の声を上げるテレーズと、喜びに声を震わせるニエベ。ニエベの中をずんずんと数度突き上げると、今度は再びテレーズの中に移動する。

「あぁっ、それ、それもっとぉ……」

「サーナさま、私の、私の中に……」

腰をいやらしくくねらせ、口々にねだる二人の膣を交互に突きながら、俺はまるで身体が溶け合うかのような快楽を感じていた。しとどに濡れた二人の膣はもはや何の抵抗もなく俺の物を受け入れる。腰を突き入れればするりと滑り落ちるかのような自然さで根元まで埋まるのに、それを引き抜こうとすると膣全体がきゅっと縮まり全力で俺の物を捕らえようとする。その抵抗を振り切ってもう片方の膣に突き入れれば、そちらでも同様の受容と抵抗があった。

いつしかニエベとテレーズの身体は絡まりあい、脚は大きく掲げられていた。ピッタリと腹を寄

せ合い横に並ぶ二つの性器に、俺は一突きごとに相手を変えながらひたすらに二人を犯した。そうしながら、熱に浮かされたようにとろんとした表情で口を開き、舌を突き出す二人の口内を貪る。

「イクぞっ！」

もう、どっちがどっちかすらわからなくなるほどの熱気の中で、俺は絶頂に達する。半分をニエベの中に注ぎ込み、途中で引き抜いてテレーズの中に突き入れると、残り半分の精を彼女の中に吐き出した。

そのまま、俺は二人の間に倒れこみ、荒く息をする。流石に殆ど体力ゼロの状態で、二人を相手にするのは疲れた。

「……たくさん、注いでもらえました」

嬉しそうに下腹部を撫でながら、ぽつりとニエベがそう言った。

「ラプラに妹ができてしまうかもしれませんね」

そんなことを言って、ふふっと笑う。

「……わたしもあかちゃん、できるんでしょうか」

ふと気付いたように、テレーズがニエベを真似るように自分の腹をぺたぺたと撫でた。

「どうなんだろうな。……俺の子、欲しいか？」

もうちょっと人間に近づいたらできるのかもしれない。ニエベ自身、人間と精霊のハーフみたいなもんだし。水の精霊と雪女じゃちょっと話は違うだろうが、不可能ではないだろう。

「んー……わかりません」

そもそも子供という概念を持たない精霊にはよくわからなかったのか、テレーズはこてんと首をかしげた。

「子供ができたら、しばらく性交はできませんよ」

「あ、じゃあやです」

ニエベがからかうように言うと、テレーズはあっさりとそう答える。彼女が人間らしい感性を手に入れる日は、どうやらまだまだ遠いようだった。

登場人物紹介 CHARACTERS

ルーミ
数ヶ月後、子供ができていることが発覚。慌てるものの齢の離れた妹を連れてかつて出ていった娘を訪ねるのもいいか、と思い直す。

ニエベ
数ヶ月後、子供ができていることが発覚。頑張って生んだと思えば突然過去に絶縁したはずの母と、覚えのない妹が訪ねてきて驚きは頂点に。

ラプラ

気付いたら妹と叔母と祖母がやってきて遊び相手&世話をしてくれる人をゲット。幸せに暮らす。

サーナ

もう数年歳をとっていれば、テレーズにやったのと同じ方法で魂を与えてラプラに身体を与えてやれたのに、と若干悔しがる。

知られざる偉業　単騎五万人切り

1

「無理です！　幾ら師匠でも、無謀すぎます！」

「離せ、エヴァン。男に抱きつかれたって嬉しくねえ」

俺は縋りついてくる押しかけ弟子の指を、一本一本引き剥がす。女みたいな可愛い顔をしているくせに、やはりその身体は硬く、押し付けられる胸板も柔らかさなんて欠片もない、まごうことなき男だった。

まあこの俺が性別を見間違うことなんてあるわけないんだが。

「無茶です……たった一人で、何万もの敵と戦うだなんて！」

「うるせえ。無理だとか無謀だとか、お前が勝手に決めるんじゃねえ」

その腕を振り払って、俺は彼方に広がる魔物の軍勢を見据えた。まるで大地を埋め尽くすかのような、膨大な数の魔物達。この街に辿り着くまで一時間とかからないだろう。

それなりに防備の整った街ではあるが、あの数に襲い掛かられればひとたまりもない。

「それにな、エヴァン。……男には、無茶だとわかってても、やらなきゃいけない時があるんだ」

「皆さん、師匠を止めてください！」

振り返り、俺の妻達を見やるエヴァン。

「無駄だ。私達が言って止まる男じゃない」

「うむ。それに、夫が行きたいというのなら、行かせてやるのが妻の器量というものよ」

「サーナなら、きっと大丈夫ですよ～」

三者三様の答えに、エヴァンはがっくりと項垂れる。

しかし彼はすぐに顔を上げると、瞑目し……そしてやがて、覚悟を決めたように目を開いた。

「わかりました。それでは、私もお供し――」

「いらん。悪いが邪魔だ」

そんなエヴァンの決意を、俺は一蹴する。

「しかし……！」

「お前はリリィ達とこの街を守ってくれ。幾ら俺が相手するったって、幾らかは漏れがあるだろう。街の連中と協力して防衛を頼む」

「……わかりました」

奥歯を噛み締め、渋々といった様子でエヴァンは頷く。

「じゃあ、行ってくる」

俺は剣を肩に担ぐと、ひらひらと手を振り街の門を出た。

「閉めろ！」

俺の声に従って、背後で大きな門が閉まり、閂がかけられる。

同時に、魔物の軍勢に向かって俺は駆けていた。

遥か彼方、豆粒のように見えていた魔物達が見る間に目前に迫る。それは、多種多様な妖魔怪物達の群れだった。まったく別々の種類の魔物が群れを成すなんて聞いたこともない。質の悪い夢なんじゃないかと言う奴もいるくらいだった。

だが、現実逃避したって仕方がない。どんなにありえないことだろうと、実際に起きたんだ。誰かが対処しなけりゃいけない。今回はそれが、たまたま俺の役割だったってことだ。

「うおおおおおおお！」

俺は雄叫びを上げながら剣を抜き放ち――

群れの先頭を走る女妖魔を、押し倒した。

腕を取って足を払い、雪崩るように地面の上に倒れるまで〇・二秒。その間に、俺は彼女のショーツを脱がし、片足だけ引き抜いてふくらはぎの辺りに引っ掛ける。そして空中で抱き寄せ先ほど引き抜いた股間の名剣を彼女の鞘壺に収めながら、両腕を掴んで地面に押し付けた。

うおっ、こりゃすげえ……！　俺は、妖魔の締め付けに思わず呻いた。

額に角の生えたその妖魔は、以前リリィと倒したこともあるオーガ……その、メスだ。オスは身長三メートルくらいの筋肉の塊だが、メスは皆見目麗しく妖艶な美女の姿をしている。オスと違って力が弱い代わりに、その見た目で人間を誘って食い殺すのだ。

弱いといってもそこは鬼族、人間とは比べ物にならないほどの膂力を持っている。事実俺の名剣を締め付ける膣のキツさといったら、今までに味わったことのないものだった。

じたばたと暴れる彼女の両手首を一つに纏めて左手で掴み、右腕を振るう。その一撃で、棍棒を振り上げ襲い掛かってきていたオークが吹き飛んだ。

「いいぜ、お前、最高だ……ッ！」

腰を振りながら、噛み付こうと歯を鳴らすオーガとタイミングをずらしてキスし、舌をその口内に潜り込ませる。横から突き入ってくる槍を掴んで、逆側から襲い掛かってきたコボルトの一団を薙ぎ払う。同時に牙を閉じ合わせるオーガの口内から素早く舌を抜き、握った槍の穂先でオーガの胸を覆うブラを切り落とした。

たっぷりとしたおっぱいが露わになる。すかさず揉みしだくと、なんとしたことだ、オーガの両手がフリーになってしまった。対して俺の両手は彼女のおっぱいに釘付けだ。

「グァッ！　ガァアッ！　あんっ、グアアアァァッ！　グふぁんっ、ガアアァあぁぁんっ！」

振り抜かれる鋭い爪を首の動きだけで避けて、おっぱいを揉む。腕を掴みにくる動きに手を引っ込め、いなしたところでおっぱい。怒りも露わに噛み付こうとしてくるので腰を一突きして怯ませ、すかさずおっぱいを一揉み、乳首、回避、おっぱい、迎撃、おっぱい、おっぱい。

「いちいち胸を揉むのを、あぁんっ……やめろぉっ！」

ついにオーガ娘が人語で文句を叫んだ。

「無茶言うな！　この状況でできるわけないだろ⁉」

俺はトロールを蹴り殺しながら言い返す。するとオーガ娘はびくりと身体を震わせ黙り込んだ。手にちょっと余るくらいの大きさ。人間離れした靭帯のなせる業なのだろう、横になっても形を崩さずにツンと上を向く美巨乳だ。

こんなおっぱいが目の前にあって、セックスしてんのに、揉まないなんてできるわけがないだろ。それがたとえ、五万の悪鬼異形に囲まれているとしてもだ。

「おおおおおっ……！　出すぞ！」

叫ぶと同時、左右から挟み込むように振るわれる剣を、オーガ娘のおっぱいに顔を埋めてかわす。そしてすぐさま頭を上げると、俺の後頭部に弾かれた刃が跳ね上がって左右の妖魔どもを切り裂いた。

オーガ娘の奥に思い切り突き入れながら、その腰を掴んで胎内目掛けて射精する。オーガ娘は恍惚とした表情でそれを受け止めた。食人鬼と呼ばれるオーガ達だが、オスは肉を食らいメスはまぐわって精を食らう。なんでも俺の精は相当美味いんだそうで、精を糧にする魔物とセックスすると大抵相手は酩酊したようになってしまう。

ぐったりとしたオーガ娘の膣内から素早く引き抜き、飛んできた矢を掴んでケンタウロスの美女を飛び越し、その背に乗って後ろからおっぱいを鷲掴みにする。

「き、貴様……！　このっ……！　このぉっ……！　降りろ！」

後ろに腕を伸ばし、自分の尻尾を追うかのようにぐるぐると回るケンタウロス娘。その腕をかわしながら、迫る豚面だの犬面だのを蹴り倒す。回ってくれるから周りの敵全て倒せてありがたい。

しかもこのオッパイの張りときたらどうだろう。柔らかさという点では多少物足りないところもあるが、それを補って余りある弾力感だ。ぎゅっと指で圧迫すればそれを跳ね返してくるかのような張り。揉めば揉むほど癖になってもっと揉みたくなる、おっぱいではなくオッパイと記述したくなる、そんな胸だった。

「もぉぉっ！　降りろって言って……！」

業を煮やし、太く長い三つ編みを振り回すようにして、ケンタウロス娘がこちらを振り向く。すかさず俺はその唇を奪ってやった。

「あっ……」

その柔らかさ、この反応。間違いない、ファーストキスだ。

俺は朱に染まる頬を両手で挟み込み、深く舌を絡める。彼女はオーガのように噛み付いてくるようなことはなく、おずおずとそれに答えてくれた。

「続きは、後でな」

頭をぽんと撫でてそう囁いてやると、彼女はこくんと頷いた。いい子だ。

流石に下半身が馬の姿のケンタウロスとヤるとなると、体勢や動きが制限されすぎる。その前にちょいとばかり、邪魔者にご退場いただくことにした。

俺はケンタウロス娘の背から降りて地面の石を拾い上げる。

「ふっ！」

気合を込めて投げ放つと、雲霞の如く押し寄せていた妖魔達がまるで水風船のように弾け飛んだ。

勿論、美女の姿をした妖魔には傷一つついちゃあいない。

これで随分見晴らしがよくなったな。

突如でき上がった死骸の山の中、腰を抜かして怯え四つん這いで逃げ出そうとしている狼人の少女に後ろからぶち込む。

驚きのあまりか、彼女の腰から生えた尻尾がピンと伸びた。

「やっ……やめ、たす……たすけ、助けて……」

犯されながら、狼人の少女は涙を浮かべて命乞いした。狼人ってのは勇敢な戦士が多いと聞くが、まだ幼いからかそれとも個性なのか、この子は随分臆病らしい。

「安心しな。殺しやしないし、ちゃんと気持ちよくしてやるから」

頭の上に立った三角形の犬耳ごとくしゃりと髪を撫でて、安心させるようにキスしてやる。

ふっと彼女の緊張がほぐれた瞬間、俺は少女の片脚を抱えるようにして開かせた。

四つん這いになっていた彼女にそうすると、ちょうど犬が小便をする時のようなポーズになる。

「ひ……いやぁっ！　は……恥ずかしいっ！」

「大丈夫大丈夫、誰も見てる余裕なんてないさ」

なにせ近づく男どもは片っ端から殴り殺している。狼人少女を説得しながら、俺は丸見えになった彼女のま○こを堪能した。抱えた太ももはすべすべしていて、思わず頬擦りしてしまう。その脚をぎゅっと抱きしめながら胸に手を伸ばすと、未成熟なそこはまだ僅かに膨らんでいるだけだった。

「やぁん……」

狼人少女が尻尾を丸め、恥ずかしげに声を漏らす。だが、大きくても小さくてもよいものなのがおっぱいの素晴らしいところだ。なだらかなその丘を手のひらですっぽり包み込むようにしてふにふにと揉んでいると、なんとも言えず幸せな気分になる。

「ウゴオオオオォォォ！」

「うるせえ！」

雄叫びを上げながら襲い掛かってくる筋肉の塊どもを睨みつけると、俺の目から光線が放たれて弾け飛んだ。

なんだ今の……まあいいか。手を使わずに攻撃できるってんなら便利だ。なにせ太ももとおっぱいをもみもみしながら邪魔者を排除できる。

「んっ、ふ、あぁっ……」

だんだんよくなってきたのだろう。初めてだろうに、狼人少女の口から甘い声が漏れ始める。

「出すぞ……！　ちゃんと孕めよ！」

「い……いやぁっ！　だめ、中は……中はだめぇっ！」

俺が宣言してやると狼人少女は叫びながらもパタパタと尻尾を盛んに振った。口では嫌がってもこっちは正直って奴だ。これがあるから、獣人とセックスするのはたまんねえ。

「イ……くっ……！」

「あぁぁぁっ！　だ、だめぇぇっ！　赤ちゃんできちゃうよぉぉっ！」

叫びながら絶頂に至り身体をビクビクと震わせる狼人少女の膣内に、俺はたっぷりと種付けしてやった。くうぅ、まるで吸い取られるみたいな締め付けだ。

何度やっても、拒否する相手に中出しするのは最高だな。勿論俺は紳士だから、相手が本気で嫌がってるんなら気が咎める。けどパタパタと尾を振りながら俺のを咥え込む少女の表情は、どう見たって嫌がる女のそれじゃなかった。

妖魔や獣人といった種族は、強さをなにより重視する傾向がある。だからたっぷり時間をかけて可愛がらなくても、強ささえ示して屈服させれば割とすぐになびいてくれるのがありがたい。

「さあて……」

敵の数はおよそ五万。その中で美女の姿をしているのはせいぜい百人に一人ってとこだろうか。つまりは五百人の女が俺を待っているってことになる。もたもたしちゃいられない。

「どんどんいくぜ！」

邪魔なオスどもを斬り殺しながら、五百人の美女とセックスする。

俺の無謀ともいえる挑戦は、今始まったばかりだった。

2

「く……う……出る……っ！」

「きゃぁあんっ」

俺の吐き出した白濁の液をその体一杯に浴びて、ペニスにぎゅっと全身で抱きついていた小妖精はぐったりと男根にもたれかかった。

手のひら大のその裸身は何度も精を浴びて、どこもかしこもベトベトだ。周りを見回せば、一面おびただしい死骸の山と血の海。そしてその中に点々と、白濁の液を股間から流す美女、美少女達が横たわっていた。

動く者は誰もいない。俺はついに、ヤりきったのだ。

「サーナ！」

慣れ親しんだ声に振り向けば、愛しい妻、リリィがこちらに向かって駆けてきていた。そのまま俺の胸に飛び込んでくる彼女の柔らかな身体を抱きとめ、少し遅れてやってきたフランとテレーズの二人も纏めて抱きしめる。

「君のことだから心配はしてなかったが……まさか本当に一人で全部相手にしきるとはな」

「すげえと思うんなら褒美をくれよ、お姫様」

「……馬鹿」

リリィは照れたようにはにかんで、ちゅっと俺にキスしてくれる。それに倣うように、フランとテレーズも両頬に口付けてくれた。三人ともめちゃくちゃ可愛いな。

「お見事です、サーナ様」

愛妻達とちゅっちゅしながらこの場で押し倒しちまおうかなんて考えていると、聞き覚えのない涼やかな声がかけられた。

声をかけてきたのは、深い紺色の髪をした目も覚めるような美人だ。誰だっけ……？　いや、そうだ。この街を治める領主だ。彼女に依頼されて、俺はこの街を守ることにしたんだった。美女の頼みは断れねえもんな。

「あなたは我が街の恩人です。ぜひとも、お礼をさせていただけませんでしょうか」

「礼をくれるってんなら、あんたが一晩付き合ってくれるってのがいいな」

「あら」

俺の軽口に、領主は気を悪くした様子もなくクスリと笑う。

「私だけでよろしいのですか？」

彼女がそう言って後ろを振り返った瞬間、黄色い声が響き渡った。

無数の女性達が、俺に向かって熱い視線を向けている。

「あなた様はこの街を救ってくださった英雄。抱かれたいと願う娘はそれこそごまんとおります。さあ、いらしてください」

領主の柔らかな手に引かれ、向かった先は彼女の邸宅だった。その大広間に通されると、何故かそこには床一面にクッションが敷き詰められていた。

これは、まさか……

振り向くと、ついてきていた女性達が一斉に服を脱ぎ捨てているところだった。

「う……うおおおおお！」

その素晴らしい光景に、俺は思わず雄叫びを上げた。見渡す限り、一糸纏わぬ美しい裸身。そうそう、どうせ囲まれるんなら魔物なんかじゃなくて裸の美女に囲まれたいよな！

「どうぞ、心ゆくまでご堪能ください」

領主の声と共に、俺は駆け出していた。一歩で音を置き去りにし、二歩で服を全て脱ぎ捨て、三歩で女体の海にダイブする。

俺はまず、突き出されたおっぱいにむしゃぶりついた。両手で別々の女の胸を揉みしだきながら、正面の女性の乳首に吸い付く。すると彼女達は嫌がるどころか嬌声を上げながら俺を取り囲み、腕と言わず背中と言わず、全身至るところにその乳房を押し付け始める。

うはは、たまんねえなこれは。ぐいと俺の腕が引かれて、まるで奪い合うかのように美女達がおっぱいを押し付けてくる。手のひらが三方向から巨乳で押し潰されて、肘から先と二の腕もおっぱいに挟まれ、どこもかしこもやわんやわんのむにょんむにょんだ。

「うおっ……！」

かと思えば、ガチガチに反り立った一物をぱくりと咥えられて、俺は思わず呻き声を上げた。おっぱいに埋め尽くされているせいで誰が舐めてるんだか顔も見えやしないが、凄まじい技だ。俺のデカいチンコを根元までずっぷりと咥え込みながら、喉奥で先端をきゅっきゅと締め付けつつ、腰ごと引っこ抜かれそうな勢いで吸引するバキュームフェラ。

「くっ、イくぞ……！」

その快楽に俺はあっという間に達して、射精していた。我慢するのすら勿体なくなるほどの快楽に、まるで小便のような勢いで精液がどぷどぷと放たれる。だが、フェラをしている女はゴクゴクと喉を鳴らしながら、一滴も漏らすことなくそれを全て飲み干した。

「ふぅ……とても美味しくいただきました」

思わずおっぱいから離れて確認すると、俺の股間に顔を埋めていたのはなんと領主だった。彼女はにっこり微笑みながら、口元から垂れ落ちる精液を指で拭って舌先でちろりと舐めた。いかにも清楚で生真面目そうな顔をしてるくせに、とんでもないエロさだ。

「下の口も味わっていいか？」

あんなに大量に出したばっかりだってのに、へそに付きそうなほど硬く反り返る愚息を彼女に突きつける。

「あら、まあ、お元気ですね。勿論、ご随意にどうぞ」

彼女の言葉が終わる前にクッションの上に押し倒し、俺は突き入れていた。

「ううっ……これは、すげぇ……！」

領主の膣穴は、今まで味わったこともないほどの名器だった。挿入しただけでうねうねと媚肉が絡み付いてくるかのようで、ともすれば痛みに変わりそうなほどにキツく締め付けてきているのに、硬さはまるでなくて腰を埋めれば埋めただけ飲み込んでいく。

思わず吐精しながらも俺は腰の動きを止められず、彼女の膣内に精液を塗り込むかのように何度も何度も奥を突いた。

「サーナさまぁ、領主様だけじゃなくて、わたし達も相手してくださぁい」

甘い甘い声に我に返って振り向くと、クッションの上で美女達が思い思いの格好で俺を誘っていた。仰向けに寝そべり脚をM字に開いて見せ付ける者、四つん這いでこちらを振り返りつつ小振りなお尻を振る者、横向きに寝て高々と脚を掲げ秘裂を自分の指で押し広げる者……

「うおおおおっ！」

その光景に矢も楯もたまらず、俺は手近な女の腰を掴んで中にぶち込む。

「くそ、たまんねえ、な……！」

こっちの娘も、入れた瞬間出しちまいそうになるくらいの具合のよさだった。この街の女はどいつもこいつも名器揃いなのか⁉

「順番だ、順番！　待ってろ！」

　挿入した途端羨ましげに声を上げる他の女達に言って、数度抽送を繰り返した後隣の少女に移る。

小柄な彼女の身体を抱えるようにして突き入れると、とんでもないキツさ。それでいてぴたりと吸い付いてくるかのような膣壁に、俺は夢中になって少女の身体を揺らす。

「サーナさまぁ」

「おう、今いくぜ！」

　かと思えば美女が二人、折り重なって抱き合いながら俺を呼ぶもんだからすぐさま引き抜いて上の子のま○こを味わいにいった。先ほどの少女とは打って変わって、包み込むようにふんわりと柔らかいおま○こだ。数回子宮をノックするようにこんこんと突いて下の子へ。

　こちらは逆に、きゅっと強く締め付けてくる。キツいというより、筋力が強いんだろう。俺の動きに合わせて緩急をつけ、楽しませてくれる。

　上、下、上、下、フェイントを入れてまた下、上と、味を比べるように抜き差しする。その度に二人の美女はまるで楽器のように嬌声を上げて、俺は二人の恥丘で男根を挟み込むと彼女達の胸の上まで射精した。

「次は少し趣向を変えましょうか」

　久々に外に出して露を漏らす一物を二人に口で掃除してもらっていると、領主がそう言ってクッションの上に居並ぶ美少女達を指し示した。

その美しさ愛らしさは今まで抱いた美女達に勝るとも劣らないが、平均年齢が少しばかり低い。その意味するところに、俺はすぐに気付いた。

「まさか……」

「はい。こちらに並んでいますのは、皆……初物ですのよ」

誰に聞かれて困るわけでもないだろうに、領主は声を潜めて囁く。

「とはいえ遠慮はご無用です。既に丹念にほぐしておりますから……」

彼女は粘液でベトつく指先を俺に見せて、薄く微笑んだ。

「ご存分に、ご賞味ください」

ゴクリと唾を飲み込み、俺は手近な一人を抱き寄せる。領主の言う通り、彼女は間違いなく処女だった。

「サーナ、さま……」

だが、生娘とは思えない情欲に燃えた瞳で彼女は俺を見つめ、熱い吐息を漏らし、

「早く……挿れて、犯してください……」

そう懇願した。

欲望のまま俺は彼女を組み伏せ、獣のように襲い掛かる。

荒々しく突き込むその寸前で、僅かに残った理性がギリギリ腰の動きをゆっくりと穏やかなものに保つ。流石に初めての相手を乱暴に犯すのはあんまりだ。

だがそれは完全なる杞憂だった。領主が言った通り、丹念にほぐされたそこは俺の太く大きい物を何の苦もなくするりと咥え込む。ただ一度だけ、膜をぷつりと押し破る感覚が俺の征服欲をこの上なく満たした。

「あぁぁっ！」

処女膜を破られたばかりの少女が浮かべたのは、苦悶の表情ではなく快楽に蕩けた顔だった。演技じゃなく、本気で感じている顔だ。それどころかきゅうきゅうと俺の物を締め付けながら、腰を振り始めてさえいる。とんだ淫乱処女もいたもんだ。

「サーナさまぁ、私も……私もぉ……」

他の少女達が内ももを擦り合わせながら切なげに俺を呼ぶ。

「悪いな、また後で相手してやるから」

俺は抱いていた少女の頭をぽんと撫で、次の少女にのしかかった。その純潔をいただいて、数度抽送を楽しんでは、次の処女へ。列をなして待つ何十人もの汚れなき乙女を、俺は次々と女にしてやった。なんて贅沢な話だ。

いつもならちゃんと一人ひとり可愛がってイカせてやり、中に出してもやるんだが……俺を待っている女性の数が多すぎるせいか、今日は何故か全員を相手することを優先したい気分だった。

あまり射精してないせいか、ヤってもヤっても疲れない。そういやよく考えてみれば、ついさっきまで俺は大量の魔物娘達とも大乱交をしていたはずだ。幾ら俺が精力絶倫だからって、ちょっとおかしい気もする。

……まぁいいか。

俺は即座に深く考えることを放棄した。できないんならともかく、できるんだったら悩むことなんかない。なにせ相手は抱いても抱いても出てくるのだ。自慢じゃないが、俺は一度でもセックスしたらその相手の顔は絶対に忘れない。

同じ相手と何度もしてるんじゃなくて、新しい女性が後から後から俺を誘ってきていた。

そういや、リリィ達も一緒だった気がするんだがいねぇな。どこに……

「サーナさまぁ」

まぁいいか。甘く蕩ける声色に、俺はすぐさま相好を崩した。

3

そうして一体どれだけセックスを続けていただろうか。ほんの僅かだった気もするし、何年もヤっていた気もする。とうとう新しい女はいなくなって、俺の目の前で犯されている子で通算四万九千九百九十九人目だ。

……んん？　そんなにしたのか？　あれ、計算がおかしい。……まぁいいか。セックスの気持ちよさの前じゃ、些細なことだ。

だが、ムラムラとした気持ちは収まらなかった。ぐったりと横たわる女を起こして相手してもらおうか……と考えた時、ふと気付いて俺は彼女の腕を引いた。

「えっ？」

間の抜けた声を上げて虚空から現れたのは、目も覚めるような美人だった。

皆美しい女性だったが、その中でも飛び抜けている。

どこか領主に似ている気がした。

「な……な……」

「そんなところに隠れてたのか」

「なんで私を見つけられるの⁉　嘘でしょ⁉」

叫ぶ彼女を、俺はクッションの上に組み伏せた。

「待って、幾ら夢魔だっていい加減疲れ――んむぅっ」

何事か叫ぶ彼女の唇を塞ぎながら、俺は彼女の中に突き入れる。

挿入した途端に、俺は悟った。彼女こそ、俺が求めていた相手だ。

これだけの人数を相手にしてなおどこか物足りなさを感じていた。勿論めちゃくちゃ気持ちよかったし、最高ではあったのだが、何かが足りていないという思いが拭えていなかった。

だが彼女はその欠けたピースを埋めるかのように、ぴったりと俺の心に収まる。

「やめて、離して！　私は違うってば！」

そう、これだよ、これ。この反応！

向こうから抱いてとねだられるのは嬉しいし楽しいが、全員がそれでは飽きがくる。やっぱり多少は拒否されるくらいでないとな。

「飽きがくるですって⁉　五万体もヤっといて、飽きがくる⁉」

「ん？　今俺、口に出してたか？」

いやまあ他の女の子の口にはさんざん出してきたが。

「下らないこと言ってないで、離して！　もう、なんで逃げられないの⁉」

俺が組み伏せた美女はジタバタと暴れる。そりゃあ、こんないい女を逃がすわけないじゃねえか。

「そういう問題じゃなーい！」

彼女は叫んだ。やっぱりどうにも、俺の心の声を聞かれている気がする。

「こうなったら仕方ない……これは夢！　夢なの！」

なにやら覚悟を決めたような表情を浮かべ、俺にそう言った。俺はその意味するところをすぐに察し、頷く。

「わかった。これは一夜限りの夢だ」

まさか所帯持ちだったとはな。

「なんにもわかってないー！　そうじゃなくて、これは夢魔の私があんたに見せてる夢なのよ！」

「ふうん、そうだったのか」

相槌を打ちつつ、俺は彼女の気持ちいい穴の感触を堪能する。しばしの沈黙の間、じゅぷじゅぷという二人の結合する水音だけが響いた。

「なんで覚めないのよ⁉」

「いや、だってまだヤってる最中だろ？　覚めたら勿体ねえ」

「普通は夢だって自覚したら覚めるものなの！　っていうか、私が作った夢なんだから私の思い通りになるはずなのよ！　なんであんたは平気で動いてるわけ⁉」

そう言われてもなぁ。

「俺自身が、人の見る夢のきらめきそのものだから……かな？」

「意味わかることを言いなさいよう！」

夢魔はまるで童女のようにわめいた。見た目は結構クールビューティーって感じなのに、こんな風に振る舞われると……うん。なかなかグっとくるな。ギャップって奴だ。

「しかし、夢ってことはなんでもできるってことだよな」

「な、何をする気……？」

ぽつりと漏らした俺の言葉に、夢魔は戦々恐々としながら尋ねる。

「いやな。俺は前々からつくづく思ってたんだ」

俺は真面目なトーンで、これに答えた。

「なんで人間には、チンコが一本しか生えていないんだろ、ってな」

言うと同時、俺の腰からは隆々たる男根がもう一本、そびえ立っていた。

「ちょっ……」

「いくぞ」

言うや否や、俺は夢魔の中から腰を一旦引き抜いて、彼女の前の穴と後ろの穴……膣と肛門に、同時に突き入れた。

「うぉぉっ！」

「ひぐぅっ！」

想像を絶する快楽に、俺達は同時に呻き声を上げる。

まるで何百人もの女から同時に舐められているような、ざわざわと蠢く膣内の感触。

ぬっぽりと優しく包み込みながら、根元だけがきつく締め付けられる尻穴の感触。

まったく異なる二つの快感が、矛盾することなく伝わってきていた。

こりゃすげえ。だが、そんな感動を覚えているのは俺だけではないらしい。

「どうしてぇ……！　こんな、すごい、の……！　夢の、中、なの、にぃ……っ！　気持ち、よすぎる……！　おかしく、なっちゃう……！」

嬉しいことを言ってくれるもんだ。

「じゃあ、もっとおかしくしてやるよ」

俺は夢魔の腰を掴んで、彼女の中を思いっきり抉ってやった。

肉の塊がずるずると内壁を擦り上げて、まるでヤスリにかけられるような強烈な刺激がガツンと頭を奔る。しかしそれは、痛みでも苦痛でもなく、純粋な快楽、痺れるような心地よさだった。

夢中になって彼女を突いてやると、その度に夢魔の胸がダイナミックにぶるんぶるんと揺れる。仰向けになっているというのに横に流れて形が崩れることもなく、ツンと上を向いたままの、実にチンコを挟みたくなるようないいオッパイだ。

そう思った次の瞬間には、俺の腰から三本目の一物が伸びてその谷間に挟み込まれていた。

こりゃあいい。俺は改めて、夢魔の全身を眺め回す。

ほっそりとした足首に、スラリと伸びたふくらはぎ。肉感的な太ももが続き、思わず撫で回したくなるようなたっぷりとした尻、きゅっとくびれた魅惑の腰つきに、悩ましげなへそを晒す滑らかな腹。芸術品のような曲線を描く豊満な乳房に、舐め回したくなる首、すっと通った鼻筋に潤んだ瞳、果実のように小さく赤い唇、クッションの上に波打つ濃紺の髪。どこもかしこも美しく、実に穢したくなる見目の麗しさだった。

「本当の私を見たら、そんなこと言えるわけがないけどね」

また俺の心を読んだのか、夢魔は自嘲するようにそう吐き捨てた。

「夢魔が美しく見えるのは夢の中でだけ。現実では醜く矮小な悪魔よ」

「夢魔なら、夢の中の方が本当の姿なんじゃねえのか？」

俺が素朴な疑問を口にすると、夢魔は意外だったのかパチパチと目を瞬かせた。陸に揚げられてビチビチ跳ねてるのが魚の本当の姿なんて言う奴はいやしねえ。

「それに少なくとも今の俺に見えてるのは、とんでもない美人だ。セックスするにはそれで十分だ」

大体女の見た目なんて、化粧一つで随分変わるもんだ。それと似たような話だろう。

「……馬鹿ね」

そう言って、夢魔は笑った。こういう時の女の罵倒は、大体「好きよ」って意味だ。

「いいわ。あんたのしたいこと、全部して」

彼女がそう言った瞬間、俺の身体に急激な変化が起こった。

夢魔のおっぱいを両手で揉みしだき、別の両手が尻を鷲掴みにする。

更に別の手が太ももを撫で回し、二の腕をさすり、腰を抱きしめた。

ペニスに至ってはま○こに一本、尻に一本、口に一本、胸の谷間と左右の下乳に一本ずつ、夢魔の両手に一本ずつ握られて、更に髪の毛にくるまれて扱かれているのが三本という有様だった。

そんな状態で俺はどんな化け物じみた姿をしているかというと、不思議といつも通りの見た目だ。

明らかに矛盾しているのに、矛盾していない。夢の中ならではの感覚があった。

そして、その全ての快感が一気に俺に流れ込んでくる。

堪えるなんてできるわけもなく、大量の精液が溢れ出して、夢魔の全身を余すところなく穢していった。

「私一人じゃ間に合わないわね。この子達に手伝ってもらってもいい？」

夢魔が言うと、領主を始め先ほどまで相手してもらっていた女達がむくりと起き上がる。

「ただのお人形みたいなものだけど……」

「勿論。君の一部なんだろ？」

頷けば、夢魔は目だけで笑んで女性達を動かした。夢だからこそできる、何百、何千、何万もの女達との乱交だ。俺は同時に無数のおっぱいを揉み、口付けを交わし、犯し尽くして膣奥に射精する。出しても出しても萎えるどころか、俺の欲求はますます猛っていった。

そこらじゅうから迸る精液はもはや小便どころか滝のような勢いで、見る間に女達の全身を白く染め、その部屋を埋め尽くし、なおもなおも吐き出され……

――そして、世界は、白濁の中に沈んだ。

4

「んん……」

俺は不意に目を覚まし、闇の中目を擦った。

なんか……めちゃくちゃ気持ちいい夢を見ていたような気がするが、全然覚えてねぇ。

胸に感じる重みに目をやれば、テレーズが俺の上に乗っかってすやすやと寝息を立てていた。

俺の胸板の上で潰されて、むにゅんと形を歪ませるおっぱいが実にいやらしい。

そんなことを考えていると、下半身で相棒がムクムクと起き上がる感覚がした。

あれほどしたってのに、我ながら節操のないことだと苦笑する。

……ん？　「あれほど」ってのは何のことだ？

横を向けば、左にはフラン、右にはリリィ。少し離れたところで、エヴァンの奴が座り込んで剣を抱いたまま眠っていた。最近野宿する時はいつもこんな形だ。おかげでなかなかセックスできない。見られて興奮するような性癖はないし、エヴァンの奴に妻の肌を見られるのも腹立たしい。

あいつはあれでなかなか気が利く奴で、俺がセックスしだすとそれとなく姿を消すんだが、それでもタイミングや回数を制限されることには変わりない。おかげでここ最近、俺は一日六回くらいしかセックスできてなかった……はずだ。

なんかその割には、溜まってる感じがなくなっていた。まさかこの歳になって夢精でもしちまったんだろうか、などと思うがそういうわけでもないらしい。

……ま、いいか。俺はあっさりと考えることをやめて、テレーズのパンツをこっそりと脱がすと、眠ったままの彼女に挿入した。

愛撫一つしなくても、水霊の彼女の膣内はいつもトロットロにほぐれていて、すぐに奥まで入れることができる。しかもテレーズは眠りが深くて途中で起きるということがないから、好きなだけ楽しむことができた。

音を立てないようにゆっくりテレーズの膣内を堪能していると、ふと俺はこちらを見ている小さな魔物に気がついた。

芋虫みたいな胴体に、節のある脚。大きな目玉が一つだけついた奇妙な魔物だ。敵意はないのか、襲い掛かってくるようなこともせずにただただじっとこちらを見ている。

「なんだ。結構可愛いじゃねえか」

無意識に俺の口からそんな言葉がこぼれ、声に驚いたのか魔物は逃げていく。

途端、エヴァンの野郎がパチリと目を開けた。

「師匠、今魔物が――」

「うるせえ、寝てろ」

俺の投擲した剣の鞘はスコンと奴の額に当たり、見事に昏倒させた。

登場人物紹介 CHARACTERS

デミス

サーナを殺すべく、ラニアーデに派遣されてきた夢魔。常人ならば五万回は死に、五万回は腹上死する戦力を用意して挑んだものの惨敗。恐る恐る報告したところ上司の反応は「やっぱりか」だったので色々と釈然としない思いを抱く。

エヴァン

夢魔から仕掛けられた夢を攻撃と見抜き、なんとか自力で抜け出すも起きた直後にサーナに寝かしつけられ、夢も見ない眠りにつく。

テレーズ

起きたらお腹が精液で一杯になっていたのでびっくりして「わたしも射精できるようになりました！」と報告し、サーナに笑われる。

挿話　古き契約

「しっかしなんだな。意外と重婚できる国ってのは少ないもんなんだな」

肉を噛みちぎり、エールを流し込みながら俺は思わずボヤいた。旅の途中、ぶらりと立ち寄ったこの酒場の質は最低だ。エールは酸っぱくてヌルいし、肉はパサパサしてて ちっとも美味くない。なにより、この店には可愛いウェイトレスの一人もいないときた。

思わず愚痴の一つも漏れるのは、仕方ないってもんだろう。

「我にはよくわからぬのだが、その結婚というのはそんなに重要なものなのか？」

こてん、とフランが首をかしげる。番（つが）うことはあれど、婚姻制度自体は竜である彼女にはピンとこないのだろう。

「そうだな。正直私にもサーナがそこまで気にする理由はよくわからない」

ところが、リリィまでもがそんなことを言い出した。

「言われてみれば確かに、師匠は妙なところで律儀ですよね」

「妙なとこってなんだよ……しかしこれ、ほんと不味いな」

エヴァンの奴に言い返しながら、俺はガリガリと肉に歯を立てる。こんなに硬くちゃ風味も何もあったもんじゃねえ。

「不味い不味いと言いつつ出てきたものは全部食べるし、代金もしっかり支払いますよね」

「ああ？　んなもん、あったりまえのことだろが」

何言ってんだこいつ。

「おいしくなかったら、お金払わなくていいんですか？」

ほら見ろ。うちの可愛い子が妙なことを覚えちまったじゃねえか。

「いいやテレーズ、そいつは間違いだ。幾らこの店の飯と酒がそこらの雑草以下だろうと、代金はきちんと支払わなきゃいけねえし、出てきたもんはちゃんと食え。まあ金をドブに捨てたようなもんだが、こんな日もあるってこったな」

「はぁい」

俺の言葉に、テレーズはモソモソとパンに口をつける。水霊にとっても、ここの飯は不味いらしい。リリィも干し肉一欠け食っただけで済ませてるし、フランに至っては匂いで察知したのか注文すらしてない。エヴァンだけが、いつもと同じすまし顔で食っていた。

「まークソ不味いのはわかる。犬も食いそうにない味だもんな。後でなんか他に美味いもんでも買ってやるよ」

「……言ってくれるじゃねえか、兄ちゃん」

低い声に顔を向けると、顔を引きつらせた大柄なハゲが立っていた。俺の言葉に感銘を受けたって感じじゃねえな。

「俺達は犬以下ってか」

どうやらこの店の常連客らしい。飯も不味いし可愛い子もいない、こんな店の常連だなんてどうかしてんじゃねえか、こいつら。

「なんだとぉ!?」

なんて思ってると、ハゲが突然激昂した。

「師匠、声が漏れてます」

「おっと」

俺の胸ぐらを掴もうとするハゲを殴り倒し、入り口の方に放り投げて叩き出してから、俺は口をつぐむ。正直なのは俺の美点だが、たまに正直すぎるのが玉に瑕だ。

「……やはり私にはたまに君がわからんよ、サーナ」

するとリリィがその可愛い眉根を寄せて、困ったようにそう言った。

「何がわからないってんだ？　俺の身体で見てないところなんてもうないだろ」

「ち、違う！　身体じゃなくて心の方だ！」

周りの目を気にするように咳払いして、リリィは真面目な表情を取り繕う。

「そうやって男はすぐ叩きのめすし、女は問答無用で襲うし、法も何もないような振る舞いをしているくせに、結婚とか代金とかそういうのを気にするのが不思議だって言ってるんだ」

「今のは正当防衛だろ。向こうが掴みかかってきたんだから」

「やりすぎなんだよ！　私の国なら一応傷害罪になるような案件だぞあれは……」

　いやまあそれはこの国でもなるとは思うけどな、それは。

「それに女の子だって、最終的には気持ちよくなって相手の方から求めてくるんだから和姦だろ？」

「本気で……言ってるんだろうな、君は」

　何が気に入らないのか、リリィは頭痛を堪えるように額を押さえる。

「我には人間の法というものはよくわからんが、リリィの言わんとすることはわからんでもないぞ」

　ところが、フランはリリィの側についてそう言い出した。

「サーナ、我から見るとお主は人間よりも竜に近いように思える。なればこそ人の作った法に囚われ守ろうとするのは奇妙なことだ。竜とは思うがままにその力を揮い、欲しいものを望むままに奪うものだからな」

「バカ言うなよ、俺はれっきとした人間だぜ。それに、そいつを言ったらフラン、お前だって最近は随分と人間らしい生活をしてるじゃないか」

　俺の指摘に、フランはうむと頷く。人の姿をとっちゃいるが、フランの本質は竜のままだ。だがその暮らしぶりは、半分は人間であるはずのテレーズよりもよほど人の社会に溶け込んでいるように見えた。

　最近じゃリリィに見立ててもらって人間の服を着たりもしてるし、俺の渡した小遣いで買い物を楽しんでいたりする。

フラン自身の言葉じゃないが、欲しいものは奪うだけのドラゴンが金銭を渡して物を得る……なんてのは聞いたこともなかった。

「無論、夫であるお主が人間であるのだから、それに合わせているというのはある。先輩殿であるリリィの顔を立て、後輩であるテレーズに人としての生き方を教えるという意味もな」

そこで、フランは一旦言葉を切る。テレーズが「知らなかった」みたいな顔をしているが、とりあえずそれは置いといて俺は彼女の言葉を待った。

「だが……それ以上に、我は悟ったのだ。人間達は、ただ奪うだけでは得られぬものを持っておる」

己が身を包む衣服を見下ろして、フランは言う。

「どれほど美しい衣を奪おうと、それを称える声なくしては意味がない。どれほど財貨を蓄えようと、使う当てもなければ虚しいだけだ。そして旨い酒も——」

と、フランは安酒に手を伸ばし、ごくりと飲み干して。

「……不味い酒であろうと、気の置けぬ仲で飲むのなら悪くない。この店のものではちと格好がつかなんだがな」

無理に笑ってみせる姿は、この上ないほど愛らしかった。

「察するに、つまるところサーナが人の法を守るのも似たような理由なのではないか？」

いや、全然そんなことは思ってなかったが……

とはいえ「なるほど、そのような思慮が……浅はかな考え、お恥ずかしい限りです」と恐縮するエヴァンや、「フランがそこまで人間のことを考えてくれていたなんて……」と感激するリリィを前に、口に出すことは憚られた。俺だってたまには空気くらい読む。

「そうなんですか？」

テレーズがガラス玉のような瞳で俺を見つめる。純粋な彼女は予備知識がない分、こういういかにもな話に騙されにくい。

「実はそうなんだ」

けれど純粋な彼女は俺がそう言うとあっさり納得して、パンを食べる続きに取り掛かった。

「しかし、人間の素晴らしさ、か……」

なんとなく呟いて、俺はあることを思いつく。

「うん。たまにはそういうのもいいかもしれねえな」

酒を飲み干しテーブルに代金を叩きつけ、俺は酒場の親父にあることを注文した。


「……これで、よいのか？」

戸惑いを多分に含んだフランの声。

「こればかりは私にもわからん……」

リリィもまた、困惑したような声色でそれに答える。

「これ、動きやすいです」

テレーズだけが嬉しげにきゃっきゃと声を上げていた。

「ほら、用意ができたなら出てこいよ」

俺は衝立の裏に隠れた妻達に声をかける。

「おお……」

おずおずと姿を現した三人に、俺は思わず歓声を上げげた。

黒と白とを基調とした、落ち着いた装い。

ふわりと広がるスカート。

清楚な雰囲気を強調する白いエプロンに、それを彩るフリル。

完璧な美しさを持った三人のメイドが、そこにいた。

美女の肌に勝る服などない、一糸纏わぬ裸身こそ至高。今までそんな風に思っちゃいたが、なかなかどうして……フランの言う通り、人類の叡智って奴も捨てたもんじゃないな。

「なんとなく考えていることはわかるが、我の言いたかったことはそういうことではない気がするぞ、サーナよ」

「ご主人様、だ」

ブツブツとボヤくフランに、俺はあえて強い口調でそう言った。

途端、彼女の顔色が変わる。誇り高く尊大な竜から、俺専用のメス犬へとスイッチが切り替わった証拠だ。

「ご……ご主人、様……」

絞り出すように口にするフランの瞳に灯るのは、羞恥と屈辱。

そして、その奥の渇望と情欲だった。

「ご主人様。何なりとお命じください」

意外にもノリノリで、リリィが折り目正しく頭を下げる。流石は王族だけあって、彼女の所作は完璧だった。あまりに完璧すぎてメイドにしては多少優雅すぎる気がしないでもないが。

「ごしゅじんさま、わたし、ごしゅじんさまのせーえき欲しいです！」

テレーズの方はといえば相変わらずだ。相変わらずだが、それがいい。ご主人様呼びで精をねだるなんて、まったくもっていけないメイドさんだ。

「よし、リリィ、テレーズ、こっちへおいで」

「わ、我のことを放っておくのか⁉」

素直に近づいてくるメイド二人を両腕に抱き寄せながら、フランに視線を向ける。

「放っておくの……ですか……？」

すると彼女は怯んだようにそう言い直した。うんうん。フランも男のツボってものがわかってきたたな。素晴らしい演技だ。

「そうだな……生意気な口を利いた罰だ。そこで、スカートを捲り上げろ」

俺にそう命じられ、フランは恥辱と怒りのあまりか、顔を真っ赤にしてふるりと身体を震わせた。

彼女が本気で怒ってその本性を現せば、こんな安宿なんざ一発で吹き飛んでしまうだろう。

「わかり……ました……」

だがフランはそうすることなく、スカートの裾に手を伸ばすと、ゆっくりと捲り上げていった。辱めに耐えつつも、躊躇いがその手の動きを鈍らせる……というていで、焦らしながらスカートを持ち上げる。ほっそりとした足首から、すらりとしたふくらはぎ、芸術品のような太ももが覗き……そして、女の子の大切な部分を隠す純白の布地が露わになった。

顔を真っ赤に紅潮させプルプルと震えながら、スカートを自ら捲り上げてパンツを見せる美少女……ううむ、たまんねえな！　数百年は生きている竜だろうに、見た目は幼げな女の子なのがまた一層背徳的でなんともそそる。俺はロリコンじゃないが、いけない趣味に目覚めてしまいそうだった。

「フランばかりご覧になられては、妬けてしまいますわ、ご主人様」

常日頃の男性的な口調とは裏腹に、丁寧な言葉遣いでリリィが胸元のボタンをぷちぷちと外す。すると、エプロンを吊る肩紐とブラウスの襟にぎゅっと寄せて上げられた深い谷間が目の前に現れて、俺はすぐさまそこに釘付けになった。背から腕を回して鷲掴みにすれば、もにゅんもにゅんと形を変えて俺の手のひらを楽しませてくれる。乳首が見えそうで見えないのも素晴らしい。

「ごしゅじんさま、わたしも、ほら！」

テレーズがフランの真似をしてか、スカートを捲り上げる。フランのロングスカートと違って彼女が穿いているのは膝丈より更に短いミニスカートだ。常時丸見えの太ももさんは嬉しいが、その無造作なめくり方も相まってあんまり興奮は……などと思いかけたその時、俺は伏兵からの奇襲を受けた。

穿いてない。

テレーズはその秘部を隠すべき、下着を穿いていなかったのだ。ちょっと風が吹けばちらりと見えてしまいそうなミニスカートで、まったく隠すことのないノーガード。毛の一本も生えていない、つるりとした彼女のそこが丸見えになってしまっていた。

「あ、忘れてた」

ぽつりとリリィが呟くが、俺の耳には入らない。その衝撃から回復するよりも前に、俺はテレーズの尻へと手を伸ばしていた。

「ごしゅじんさまの、おっきくなってます」

尻を撫でられながら、テレーズは嬉しそうに俺の下半身へと視線を向けた。彼女は俺のズボンのジッパーを下ろし、まるで猫のように四つん這いになって飛び出してきた肉塊に顔を近づける。そんな格好をすると、短いスカートは捲り上げるまでもなく真っ白な尻が丸見えになった。

なんて素晴らしい光景なんだ。

「ご主人様……」

絶景に目を奪われていると、リリィが少し拗ねたような声色で俺を呼ぶ。悪い悪い、こっちもちゃんと可愛がってあげなきゃな。顔を近づけると、彼女はすぐにキスしてきて、俺の首を抱きながら舌を絡めてきた。

「んっ……ちゅ、んんっ……は、む、ちゅ……」

「ちゅるる……ん、ちゅぅっ、ちゅぷっ、んちゅう……」

左手でリリィのたわわなおっぱいを揉みしだきながら、彼女と濃密な口付けを交わし、唾液を交換し合う。右手ではテレーズのすべすべとした尻を撫でたり、とろとろのま○こをくちゅくちゅと擦ったりしながら、彼女の熱心なフェラでチンコを扱かれる。ちらりと視線を前方に向ければ、必死に恥ずかしさに耐えつつ下着を晒すフランの姿。

最高だな、これは！

俺の一物が一際膨れ上がるのを察知してか、テレーズは喉奥までそれを飲み込んでじゅぽじゅぽと下品な音を立てながら先端を強く吸う。腰から迸るその欲求を、俺は彼女の口内に容赦なく解き放った。

震えと共に吐き出される白濁の精液を、テレーズはごくごくと喉を鳴らしながら嚥下していく。

「はぁ……おいしかったです～」

絶頂が終わった後も竿を手で扱きながらちゅうちゅうと最後の一滴までを吸い尽くして、テレーズは満足げに息を吐いた。

「さて、次は……」

リリィの方を可愛がってやるか。

「ごしゅじんさまぁ……」

そう思ってリリィの方を向く俺の耳を、フランの切なげな声が打った。

彼女は健気に言われた通りスカートを捲り上げたまま、潤んだ瞳で俺の顔をじっと見つめていた。

露わになったショーツのクロッチはシミによって変色し、溢れた蜜が太ももを伝い落ちる。

「いじわる、しないで……」

くそっ、可愛すぎるだろ！

俺はフランの手を引いて、その細く小柄な身体を腕の中にすっぽりと抱きしめる。そして吸い付いてくる唇の柔らかさを味わいながら、その下着をずらして一気に奥まで突き入れた。

折角コスプレしてるってのに、わざわざ脱がせるような野暮な真似はしない。ずらした下着に圧迫されるからか、この衣装に興奮してるのか、それとも焦らしに焦らしたせいか。フランの膣内はいつにもましてキツキツだった。

そのほっそりとした腰を抱いて揺らしてやれば、スカートに隠された結合部からぬぷぬぷと濡れた音が鳴る。気持ちよさのあまりか、スカートの裾から尻尾がはみ出てふるふると愛らしく震えていた。

腰の上で彼女を揺らしながら、ブラウスのボタンをプチプチと外す。すると、小さく可愛らしい蕾がまろび出てきて、俺は思わずそれを唇で食んだ。

「んっ……ぅうん……っ！」

敏感に上がる鳴き声を楽しみながら、俺は左右に手を伸ばす。視界はフランのおっぱいで完全に塞がれていたが、見なくとも気配だけで目指す先はわかっていた。

テレーズの、揉みがいのある豊かなおっぱい。

リリィの、少しだけ手に余る形のよいおっぱい。

その感触を両の手のひらに一杯楽しみつつ、フランの小さなおっぱいに顔を埋め舐めしゃぶる。

大きくても、小さくても、程よくてもいい。おっぱいってのはなんでこうも人を幸福にするんだろうな。

しみじみとそんなことを考えつつ、俺は腰でフランのおま○こを突き上げる。胸も最高なら、こっちの具合も勿論最高だ。

「あぁっ、ごしゅじんさまぁっ……それ、だめ、ぇ……っ！」

ぐりぐりと抉るように腰を押し付けてやれば、フランは身体を震わせながら俺の頭を掻き抱く。

「駄目だって？　こいつは粗相をしたメイドへのお仕置きだ。ご主人様の罰をちゃんと受けるんだ、フラン」

名前を呼んでやると、フランの膣内がきゅうっと俺の物を締め付ける。

「だ、だめ……です……っ！　罰、だめ、ああ、だめだ、ですぅっ！」

だめだめと言いながら、フランはぐいぐいと腰を押し付ける。慣れない敬語を無理に使おうとする様も可愛らしい。

「いくぞ……フランっ！　お仕置き種付け、いくぞっ！」

「あああああ、だめぇっ、ごしゅじんさまぁっ！」

歯を食いしばりながら身を震わせるフランの膣内、その奥の奥に突き込みながら、俺は思い切り精液をぶちまけた。どくどくと流し込まれる俺の精子が、彼女の子宮を真っ白に染め上げ犯していくのが感じられるかのようだった。

態度や仕草で受け入れてるってことがわかっていても……いや、わかってるからこそ、駄目って言われながら膣内に注ぎ込むのは最高だな。流石フラン、俺の嫁だけあってよくわかってるぜ。

最後の一滴まで絞り出すように何度か腰を擦り付け、スカートを汚さないようにゆっくりと引き抜く。

「ご主人様」

すると息をつく暇もなく、リリィが俺に声をかけた。

「私達にも、お仕置きをいただけませんでしょうか？」

テレーズと二人、スカートを捲り上げ、尻をこちらに突き出してそんな風に誘惑されたんじゃ、否も応もあろうはずがない。

「そんな風にここをトロトロに濡らして主人を誘うなんて、イケないメイドだな。たっぷりお仕置きしてやる」

すぐさま硬度を取り戻して反り返る愚息を揺らし、俺は二人に襲い掛かった。


「……起きてるか、サーナ？」

三人を相手にさんざん注ぎ込み、そのままベッドに倒れこむようにして眠りについたその日の夜。闇の中、白い肌を浮き上がらせてリリィが声をかけてきた。あれ、メイド服は……ああそうか、結局三人とも剥ぎ取ったんだっけか。

確かにメイド姿の三人は素晴らしいものだったしたまには悪くないが、肌と肌が直接触れ合う心地よさには代え難いものがある。

「おう。なんだ？」

完全に意識を失っていたのをおくびにも出さずに答える。そんな俺の他愛ない虚勢を見透かすかのように、リリィは微笑んだ。

「君にこうして愛してもらえて……まあ、三人だし、浮気もするが……それは、まあいい。諦めたし、甲斐性という気もしてきた」

「そりゃ、愛してるとも」

右腕にはテレーズが、左腕にはフランが頭を預け、リリィは俺の胸に寄り添うように寝そべっている。三人とも、最高の妻だ。

「だから私は、今更結婚という形式には拘らない。フランやテレーズもそうだろう。だけど、サーナはちゃんと法に則って籍を入れたいんだよな？」

何の話かと思ったら、昼の続きか。

「法に則って、ってわけじゃないんだけどな……」

彼女の言わんとするところは、実のところ俺もわかってる。そういうのに拘るのは俺のキャラじゃない。そういうことだろうし、俺自身もそう思う。

「うーん。上手く説明できねえ。俺はそうしたい。リリィは嫌か？」

問えば、リリィは首を横に振った。

「そりゃあ、できるのならそうしたいさ。けど別にそうでなくてもいい。それはただの形式に過ぎないと思うから」

「そうだな」

彼女の言葉に、俺も頷く。

「私は、君の正体がそこに関係しているんじゃないかと思うんだ」

「まあ、だろうな」

肯定してやると、リリィは驚いたように軽く目を見開いた。

「気付いてたのか？」

「ああ。なんだよ、そんなに俺のことを考えてくれてたのか。嬉しいぜ、リリィ」

過去の記憶もないし、自分が何なのかも、名前すらわからない。人間だとは思うが、普通の人間とちょいとばかり違うことくらいは、俺だって自覚はある。

普通の人間は、こんなにいい男じゃねえからな。

「茶化さないでくれ。結婚も、金銭での売買も、要するに契約だ。サーナは適当だけど、約束は守るだろ。……フランが言うには、契約を律儀に守るというのは、古い存在の特徴なんだそうだ。竜や精霊、天使や悪魔……そういった存在は、契約を破れない。だからサーナ、君は……」

「俺は人間だよ。そいつは間違いない」

リリィの言葉を切って、俺は答える。

なんでか知らないが、誰も彼もが俺を人間じゃないと言いたがる。だが俺が人間であるという確信だけは、何故かあった。

「試してみようか？　俺は、もう二度と、リリィのおっぱいを触らねえ。約束する」

真面目な表情を浮かべて言いながら、テレーズを起こさないように腕を引き抜き、リリィの胸を鷲掴みにしてやる。そりゃあ美女との約束はできるだけ守るが、別に強制力が働いてるわけじゃない。その気になれば幾らでも破れる。

「……じゃあ、なんなんだ？　関係自体はあるんだろ？」

「多分な」

その辺を突き詰めて考えていけば、あるいは俺の正体なんてもんに行き当たるのかもしれない。

「よくわからない奴の嫁になるのは嫌か？」

そう聞けば、リリィは首をふるふると振った。

「サーナはサーナだ。とんでもなくスケベで、優しくて、時々意地悪で、強くて、スケベで、女好きで、だらしなくて……でも、誰よりも頼りになる。私の自慢の夫——主人だ」

まだほんのりとメイドモードが残っているのか、リリィはそんなことを言う。

「けどたまに考えてしまうんだ。記憶もなく、名前もなく、自分が何かもわからない。故国も、寄る辺も、何もない。そんな君が、結婚を求めるのは……腰を落ち着けられる自分だけの場所を求めているんじゃないかって……」

そんなことを思っていたのか。

「……なあ、サーナ」

リリィは少しだけ怒ったような、真剣な表情で言った。

「こんな時くらい私の胸を揉むのは一時中断してくれないか？」

「断る」

絶世の美女、愛する女が目の前に全裸でいるんだぞ？　揉まない方が失礼ってもんだ。

「悪いがそいつは考えすぎだ。俺は美味いもん食っていい女を抱いてりゃそれで満足だし……正直、ひとところに落ち着ける気がしねえ。世界中の美女が待ってるんだからな」

「そうだな。君はそういう男だった」

呆れ混じりの苦笑を浮かべ、リリィは肩をすくめる。

「だけど、じゃあ、君は本当になんなんだ」

「さあな」

俺はお定まりの、いつもの台詞で答えた。

「はっきり言って、どうでもいい。俺は男の事情になんか、これっぽっちも興味がないんだ。それは自分であってても同じことだ。大事なのは……」

リリィが驚いた表情で、視線を下に向ける。

「美しい女が、裸で目の前にいるってこと。そして彼女は俺のことが大好きだってことだ」

「あんなに、したのに……」

頬を赤らめつつも、満更でもなさそうな表情で、リリィ。

「声を出すなよ。フランとテレーズが起きちまうからな」

そう囁きながら。俺は、愛しい妻の裸身を抱きしめた。

あとがき

はじめまして、あるいはお久しぶりです、笑うヤカンです。

本書を手にとっていただきき、まことにありがとうございます。

本作は小説投稿サイト「小説家になろう」の成人男性向けサイト「ノクターンノベルズ」で連載していた作品で、ビギニングノベルズで書籍化していただく著者の作品としては2シリーズ目となります。

一作品目の『魔王の始め方』とはだいたい同時期に連載していた作品で、作中世界も同一のもの（ただし時間的には千年程度の隔たりがあるので、同じ人物は登場しませんが）となっております。

とは言え内容にはだいぶ違いがあり、こちらは特に小難しいストーリーもないバカエロコメディとなっておりますので、肩の力を抜いてお楽しみいただければと思います。

今回も大変お世話になりました担当編集様、魅力的なイラストを描いてくださった馬克杯先生、執筆時間を捻出してくれる妻とすかさずそれを奪いにかかる娘、そして本書をお読みいただいた全ての方に、感謝を申し上げます。

ここまでお読みいただき、ありがとうございました！

名無しの英雄
Page1
キャラクターラフ集
サーナ
リリィ
フラン
テレーズ
エヴァン
"A nameless hero" Character lough design

Page2
名無しの英雄
キャラクターラフ集
ニーナ
ルーミ
ニエベ
ラニアーデ
ローズ
"A nameless hero" Character lough design

ヴァルキリーコミックス
わたしを呼んだのはあなた？
PC・スマートフォンでいつでも閲覧可能！今すぐアクセス
コミックヴァルキリー Web版
http://www.comic-valkyrie.com/
にて好評連載中!!
1～3
魔王の始め方
THE COMIC
【漫画】小宮利公
【原作】笑うヤカン
キャラクター原案◎新堂アラタ
全国の書店
通販サイトで
大好評発売中!!
KTC 編集・発行 キルタイムコミュニケーション
〒104-0041 東京都中央区新富1-3-7 ヨドコウビル TEL:03-3555-3431(販売) FAX:03-3551-1208
最新情報はオフィシャルサイトへ
キルタイムコミュニケーション
検索

最高にハイになれるポーションあり☑
傷をふさぎ、筋力を向上させ、魔力を回復する神秘の霊薬——ポーションが一般化して久しい世の中。地下ギルドの非合法なクエストで稼ぐ無頼漢ショージ、借金でアトリエを失った錬金術師の少女パーシベル、最悪な状況で運命的に出会った二人は、一獲千金を狙い違法ポーションを密造する共犯者となった。そして、パーシベルだけが造れる違法ながら驚異的な純度を誇る"パーフェクトポーション"の大量生産に必要な素材を確保すべく、ショージはこれまで以上に危険なクエストに挑むのだった。
小説 七色春日
イラスト cinkai
ギャング・オブ・ユウシャ 1
—街角の錬金術師と魅惑のポーション—

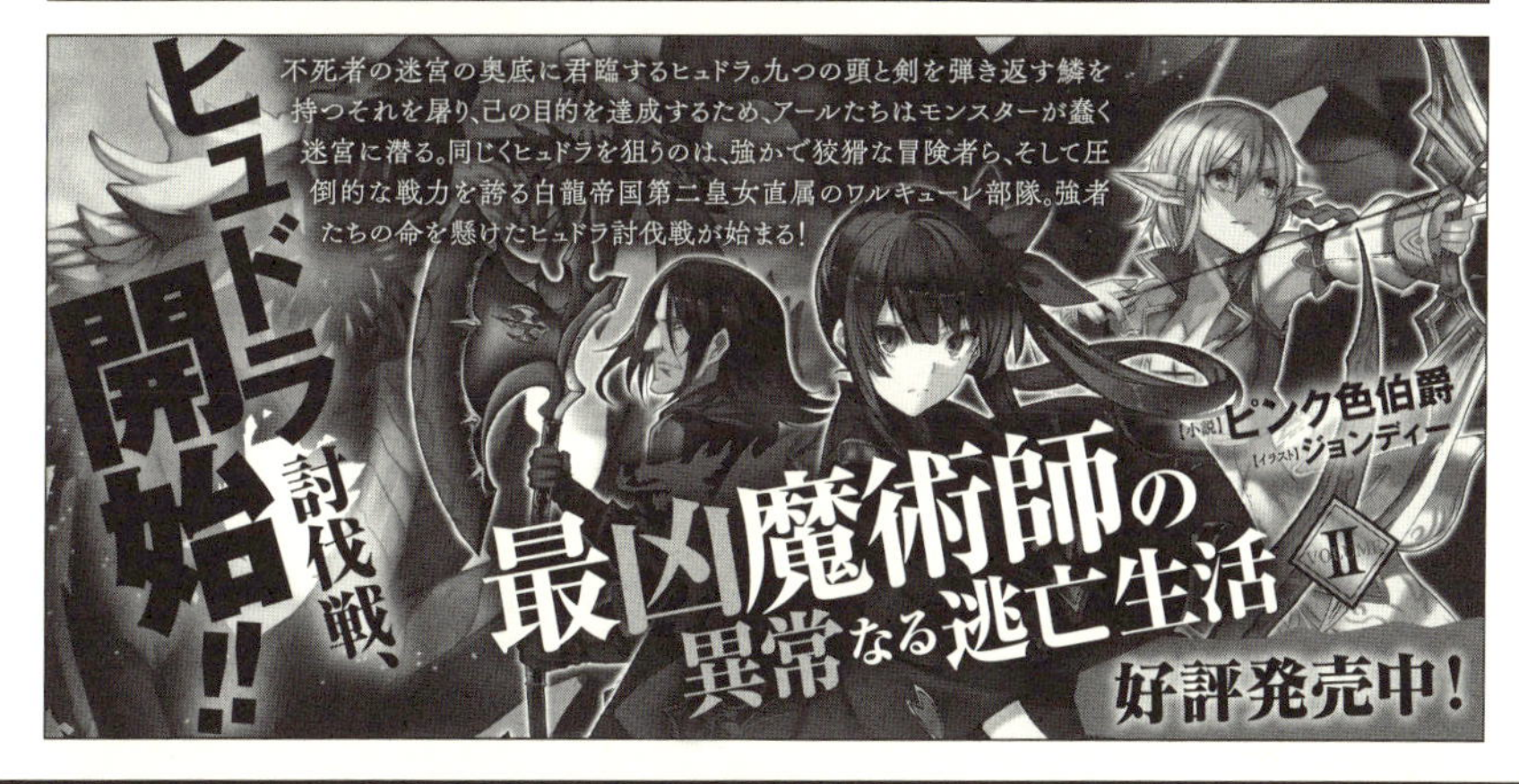
ヒュドラ討伐戦、開始!!
不死者の迷宮の奥底に君臨するヒュドラ。九つの頭と剣を弾き返す鱗を持つそれを屠り、己の目的を達成するため、アールたちはモンスターが蠢く迷宮に潜る。同じくヒュドラを狙うのは、強かで狡猾な冒険者ら、そして圧倒的な戦力を誇る白龍帝国第二皇女直属のワルキューレ部隊。強者たちの命を懸けたヒュドラ討伐戦が始まる!
【小説】ピンク色伯爵
【イラスト】ジョンディー
最凶魔術師の異常なる逃亡生活 II
好評発売中!

BEGINNING NOVELS

名無しの英雄①

2017年10月23日　初版発行

【小説】
笑うヤカン

【イラスト】
馬克杯

【発行人】
岡田英健

【編集】
キルタイムコミュニケーション編集部

【装丁】
マイクロハウス

【印刷所】
図書印刷株式会社

【発行】
株式会社キルタイムコミュニケーション
〒104-0041　東京都中央区新富1-3-7ヨドコウビル
編集部　TEL03-3551-6147／FAX03-3551-6146
販売部　TEL03-3555-3431／FAX03-3551-1208

禁無断転載　ISBN978-4-7992-1081-9　C0093

本書は小説投稿サイト「ノクターンノベルズ」(http://noc.syosetu.com/)に掲載されていたものを、
加筆の上書籍化したものです。